RUANG NYAWA

Ruang Nyawa

Satu Lingkar Waktu, Volume 2

I Putu Weda Kresna Witana

Published by Ugraversa, 2025.

RUANG NYAWA

First edition. July 24, 2025.

ISBN: 979-8231884667

Written by I Putu Weda Kresna Witana.

Daftar Isi

Terima kasih kepada mama, bapak, dewik, ayik, dan seluruh orang terkasih atas segala kebersamaan dan kisah.

Mari berjalan bersama dalam setiap suka dan duka

I Putu Weda Kresna Witana

MENYAPA

Hai! 2000 Impian inikah dia? Gue, Kumara Gema Asana. Iya. Luka ini masih belum sembuh. Luka yang selama ini gue berusaha lupakan. Berat! Sudah berapa lama? Sangat lama. Dalam pikiran gue, selalu berandai-andai Rama masih ada. Ya! Obrolan santai itu. Mungkin, intonasi suara Rama dan ekspresi nya masih terngiang-ngiang di telinga.

"Andai dan andai saja. Lo masih ada Rama!" Demikian benak gue berbicara yang masih terlintas tentang kebersamaan.

Sepenggal lirik:

Hadir mu membuat coretan kata,
Terbesit dalam benak ini,
Sulit tuk ungkapkan selamat tinggal,
Kan ku tutup dengan kalimat, terima kasih....
Pertemuan yang membuat kita terpisah,
Kini kau hadirkan 2000 impian,
Gumam senandung! Sendu lagunya
Langkah kan ke mana saja asalkan itu ke depan...

Melodi yang menggambarkan seberapa ekspresif nya dan seberapa emosional nya gue. Ketika gue, menyanyikan lirik lagu ini yang seharusnya gue bisa bernyanyi bersama. Hm... Sulit memang mengingat masa lalu. Akan tetapi, dalam kata-kata ini gue berusaha untuk bertahan melanjutkan 2000 Impian. Kesendirian yang gue rasakan semakin menjadi-jadi dalam hal ini, masihkah gue mampu meyakinkan untuk dapat melangkah atas kehilangan yang selama ini silih berganti itu? Benar saja. Masih ada pertanyaan yang besar ini dalam diri gue. Buku 2000 Impian yang dibuat oleh Rama menggambarkan berapa banyaknya impian seseorang hingga ia tiada pun, ia berusaha untuk mewariskan harapan-harapan itu. Entah dimana. Entah sampai kapan. Semua ini gue harus lewatkan. Mungkinkah?! Perasaan kehilangan sahabat seperti gue bisa kalian rasakan?! Hm... mungkin memang ini rasanya kehilangan. Antara sebelumnya ada dan sekarang tidak ada. Perbedaan waktu lalu dan kini yang sangat berubah. Ibaratkan dalam melodi ada crescendo yang menjadi perubahan dinamika yang bertahap.

Pada hari ini, gue memulainya tanpa sahabat. Namun, apabila waktu ini sudah seharusnya tiba. Gue yakin masih ada beberapa malam yang akan gue lewatkan nanti. Ketiadaannya bukan berarti gue menyerah begitu saja. Kenapa tidak! Ibu Sarah, yang sangat tegar percaya itu. Kenapa gue tidak! Jangan sampai ketidakpercayaan diri gue menghentikan kesempatan waktu yang ada.

Ana, Ana Alina Putri. Kita saling membantu satu sama lain seperti waktu sebelumnya. Kita selalu membangkitkan satu sama lain. Urusan apapun itu. Kini, Ana sudah mulai perkuliahannya di jurusan kedokteran seperti cita-citanya yang ingin diraih. Ana ingin seperti ibu yang menolong orang dengan ketulusannya. Jika dilihat, ia memang cocok sebagai seorang dokter. Ana sudah melakukan terbaik demi cita-citanya dan komitmen akan apa yang ia ucapkan. Ketika masih duduk di kelas IPA II kelas X di SMA Karya Nusa. Ana, mewarisi sifat ibu yang tangguh.

Gue selama setahun terakhir mengambil kegiatan magang di perusahaan ayah. Masih terpikirkan untuk melanjutkan kuliah di Amerika, seperti maunya ayah. Ayah selalu meminta gue untuk pergi ke Amerika, meneruskan bisnisnya di sini. Hanya saja. Rasanya terlalu dini menurut gue untuk tiba-tiba. Jadi, gue memilih untuk magang di perusahaan ayah. Hanya sekadar mengetahui seluk beluk perusahaan dari bawah. Akan tetapi, gue masih belum yakin akan hal ini. Kenapa? Karena gue masih punya rencana untuk mendirikan perusahaan di bidang teknologi. Apakah gue bisa? Hm... Bisa saja asal gue ada keyakinan. Kenapa tidak?!

"Kak!"

"Iya! Kenapa?"

"Lagi ngapain? Ana bawa sesuatu nih?"

"Sebentar!"

"Isssh! Lama sekali buka pintunya. Berat loh ini!"

"Pintu kan enggak ke kunci, Ana."

"Iya kan minta tolong buka." kata Ana sebari menyodorkan kotak cokelat dan bertumpuk sebuah surat di atasnya.

"Lah ini apa?"

"Lihat saja dulu. Ana juga kurang tahu, Tante Sarah tadi telepon kalau dia kirim paket."

"Oh...Ya sudah buka barengan saja lah." kata gue sebari membuka kotak tersebut.

"Kak Gema, lagi buat apa nih?"

"Oh buat lukisan tapi baru pikir-pikir konsepnya sih."

"Wah! Itukan barang-barangnya, Kak Rama?" kata Ana dengan kaget.

"Lah!" kata gue dengan heran dan segera membuka isi surat tersebut. Ternyata Tante Sarah memberikan kotak ini untuk gue simpan.

Isi suratnya :

"Gema, simpan dengan baik yang ibu berikan ini ya. Ibu mau pamit ke Yogyakarta karena semuanya sudah usai. Ibu minta maaf tidak sempat bertemu dan berpamitan secara langsung dengan Gema dan Ana. Nanti kalau sudah liburan, Ibu akan pergi ke rumah lagi. Rumah di Jl. Bintang No. 12 masih terbuka buat kamu. Di sana ada Bibi Riska yang tinggal, jika Gema dan Ana ingin mampir silakan saja."

Tentu hal ini membuat gue kaget. Pertanyaan gue, apakah ibu tahu tentang hal ini?

"Ana, telepon ibu ya!"

"Iya kak." kata Ana sebari mengambil sebuah telepon dan menghubungi Ibu Harum.

"Halo bu!"

"Halo Gema! Kenapa Gema?"

"Ibu tahu kalau Ibu Sarah pergi ke Yogya?"

"Iya, Gema. Sepertinya urusan mendesak."

"Tapi dia tinggal di Yogya atau hanya ada urusan sebentar?"

"Sepertinya. Kamu sudah terima paketnya?"

"Sudah bu."

"Ya sudah, kamu simpan baik-baik. Mungkin karena ada urusan mendesak jadi harus pergi ke Yogya. Jadi, rumahnya masih aman kok, gak di jual hehehe..."

"Apaan sih, bu. Takutnya nanti kan di jual."

"Enggak, Gema. Ibu Sarah kan sudah bilang tidak dijual karena sekalian ada urusan bisnis juga di sini."

"Hm... Oke lah bu. Semangat bertugas Ibu Dokter!"

"Terima kasih. Dahh..." kata Ibu Harum. Hal ini membuat gue bernafas lega dan tenang. Tentu saja membuat gue sedikit panik. Bagaimana tidak. Ibu Sarah, memberikan informasinya seperti akan pergi ke Yogya selamanya. Akan tetapi, ternyata tidak. Sebari melihat beberapa buku catatan yang berada di dalam kotak itu, gue mengajak Ana untuk pergi ke rumah Rama.

"Ana! Nanti ada ke mana?"

"Enggak ada ke mana kak."

"Oke deh. Kakak mau ke rumahnya Rama ya. Mau ikut?"

"Mau! Tapi Bi Sari bilang, ada rekan bisnis ayah datang ke rumah."

"Oh iya, kamu bantu Bi Sari saja deh."

"Oke deh."

Mengemas peralatan – peralatan lukis, gue mengumpulkan benda – benda dari Rama selama ini. Iseng saja untuk melihat kembali seberapa banyak yang gue simpan, tapi selama ini selalu gue bungkus di gudang.

"Bi Sari! Kunci gudang dimana ya?" panggil gue dari tangga ke arah dapur.

"Kunci gudang ada di ruang tamu." kata Bi Sari sambil menunjuk ke arah kotak.

"Besok – besok harus buat gantungan kunci nih, biar gak hilang dan susah cari nya."

Gue pun melihat-lihat sekeliling, masih ada beberapa mainan waktu gue kecil. Di gudang, gue mengambil beberapa barang untuk diletakkan di kamar. Akan tetapi, menatanya masih menunggu orang dekorasi datang untuk mengantarkan rak ke rumah.

~ Catatan ~

Kenangan yang telah terjalin begitu indah.
Rangkaian cerita yang menjadi sejarah.
Membekas hingga kematian tiba.
Perjalanan mencari sebuah cerita baru ikut terangkai dalam sebuah cerita lama.
Berkaitan erat.

SENJA

Menuju arah teras rumah Rama, gue melihat jelas piano yang sering dimainkannya. Sudah berkali – kali gue datang ke rumah ini tapi masih teringat jelas akan momen yang kini menjadi kenangan.

"Bi Riska, saya Gema." kata gue sebari menunggu Bibi Riska membuka pintu.

"Eh! Gema ya?" tanya Bi Riska sebari bersalaman dan mengenalkan dirinya. Gue di sambut hangat olehnya, seolah – olah gue adalah tamu baru di rumah ini. Akan tetapi, gue menjadi teringat awal – awal datang ke rumah ini.

"Bi. Boleh saya keliling halaman rumah ini dan nanti saya izin sembahyang juga di atas."

"Boleh. Kenapa tidak hehehe..." kata Bi Riska.

"Bi Riska, sudah lama di rumah ini?" tanya gue karena melihat tingkah Bi Riska sepertinya masih sedikit bingung menaruh makanan yang gue bawa.

"Iya, bibi masih bingung karena kemarin Ny. Sarah sedikit terburu – buru menjelaskannya di telepon."

"Hah? Bibi kenal sama Ibu Sarah dimana sebelumnya?"

"Oh bibi dari Yogya, rumah Ny. Sarah di Yogya tapi diberitahu untuk tinggal di sini sementara. Besok ada kerabatnya Ny. Sarah juga datang ke sini."

"Hm...Iya bi. Aku sekalian keliling, bibi ikutan juga boleh nanti aku kasi tahu satu – satu."

"Wah! terima kasih banyak, den."

"Tidak apa – apa bi, santai saja. Oh ya, jangan lupa panggil saya Gema atau Dik Gema saja ya, bi."

"Hehehe... iya den."

"Hm... Gema atau Dik Gema, cukup itu saja. Jangan sungkan – sungkan ya, bi. Kalau perlu bantuan, panggil saja saya. Siapa tahu kesulitan mencari sesuatu." kata Gue sebari mengajak Bi Riska menunjukkan beberapa tempat di setiap sudut rumah. Sebari bercerita, telepon gue berdering.

"Halo bu! Gema masih di rumah Rama."

"Iya ibu sudah tahu itu. Kamu mau ikut makan malam sama rekan bisnis ayah?"

"Hm... sepertinya tidak bisa bu. Oh ya, Gema izin menginap di sini dulu ya."

"Oh... ya sudah. Ingat jangan lupa sembahyang dan jangan nyusahin bibi di sana."

"Siappp!!! Ini baru selesai jadi *tour guide*, Bi Riska."

"Oke. Titip salam ya."

"Iya bu." demikian dari percakapan yang singkat gue dengan ibu. Seusai memberi tahu Bi Riska beberapa sudut dan laci-laci dapur, gue ke balkon rumah untuk melihat sekilas senja yang indah.

Ada hal – hal indah yang tidak bisa gue ungkapan begitu saja untuk mewakilinya. Langit sore ini seperti mengingatkan semangat Rama untuk bisa bangkit dari rasa sakitnya. Mungkin saja, ia melihatnya? Akan tetapi, ia sudah memiliki teman yang lebih baik di sana. Gue juga membawa hadiah jam weaker yang diberikannya.

"Antik! Weker ini sebagai permohonan maaf Rama, ketika ia harus mengalah dengan masalah anak kecil ini. Walaupun gue tahu ini hadiah sahabatnya, Bara. Mungkin saja, kalian sudah bertemu di sana, hm..."

Begitulah isi benak gue, mengingat akan kejadian ter unik. Bagaimana tidak! Masih ada saja orang melakukan hal unik untuk melakukan permintaan maaf, padahal bukan salahnya juga. Heran. Semua sudah terlewati, gue hanya bisa berdoa dan mengingat sahabat gue dengan cerita yang pernah gue lewatkan. Mungkin, orang lain melupakan dengan menghilangkan benda yang berkaitan dengan seseorang begitu saja. Akan tetapi, semua tidak ingin gue sia – siakan begitu saja. Meskipun itu, mengingatkan akan kesalahan gue atau trauma mendalam. Mungkin ini adalah alur cerita kehidupan gue. Proses untuk bangkit dari rasa itu pasti ada. Ya! Semua mempunyai proses untuk itu. Dunia dengan waktu itu tidak ada yang abadi karena pertemuan akan memberikan kita perpisahan. Silih berganti.

Memahami begitu banyak perpisahan, bukankah sama dengan memahami kenapa pertemuan dapat terjadi. Segala waktu yang telah diciptakan menjadikan sebuah lingkaran kehidupan. Seseorang yang terlahir di dunia, ia memiliki satu lingkaran penuh atas waktunya. Perlu begitu banyak waktu bahkan setelah lo tidak ada lagi. Gue baru menyadari akan hal ini. Hal – hal yang menarik perhatian gue selama ini, mendorong keinginan gue untuk mencari lebih tahu. Senja! Terima kasih, singkatnya hari ini gue bisa memahami atas dasar apa yang selama ini gue belum tahu.

"Rama! Lo masih ingat kah? Weker, gitar, dan pantai serta piano? Semua menjadi bagian penting dari perjalanan 2000 Impian, gue sudah bisa memahami makna 2000 Impian. Hal itu ternyata sangat mudah ditebak bahkan seharusnya gue lebih cepat menyadarinya. Jelas saja! Seorang manusia dengan waktu terbatas di dunia ini. Memiliki waktu untuk mendapatkan impian-Nya.

Akan tetapi, seseorang tidak menyadari waktu yang begitu singkat dengan impian yang begitu banyak bukanlah satu cara untuk dapat menikmati kehidupan ini. Ada banyak hal yang ingin dia raih, ada banyak hal yang ingin dia rasakan, dan ada banyak hal yang ingin dia ceritakan.

Bukan itu saja! Ia melupakan apa yang seharusnya dilakukan seorang manusia untuk dapat menikmati kehidupannya.

Bersyukur. Bersyukur pernah sedih, bersyukur pernah bahagia. Itulah manusia. Terpenting, bersyukur tidak pernah menyerah akan

perpisahan yang tak diinginkan, keberhasilan yang tidak dicapai,
sesuatu yang belum dimiliki.
Sesampainya suatu saat, ia akan bersyukur tidak pernah menyerah akan
keadaannya saat terburuk sekali pun."

Dalam benak gue, selalu berusaha tuk mengutarakan tentang apa yang selama ini ingin gue pahami. Bukan hanya tentang diri gue sendiri. Memahami atas apa yang telah terjadi. Memang benar adanya dan memang semua tentang apa yang tidak bisa dijangkau. Waktu. Pendewasaan mengubah beberapa hal yang sebelumnya kekanak-kanakan.

DRING!

DRING!!

DRING!!!

"Halo! Ini siapa?"

"Halo! Ini Amri. Benar saya sedang berbicara dengan Gema?"

"Hah?!"

"Kenapa? Lo kok kaget sekali?"

"Lah, seharusnya gue nanya duluan. Lo kok bisa tahu nomor gue?"

"Ya, jelas gue tahu. Lo kan sahabat gue!"

"Bukan! Kalo lo sahabat, kenapa baru kali ini telepon?" tanya gue sambil mencari tempat duduk. Hal ini membuat gue sedikit kaget. Sangat kaget, lebih tepatnya. Bagaimana tidak. Amri! Selama ini kehadirannya seperti tepat waktu. Akan tetapi, menghilang saat gue perlu sedikit bantuannya. Sedikit dengan harapan. Hm... Tak disangka.

"Gue ada rencana ke rumah lo. Hm... tapi gue mau tinggal sebentar ke rumah kerabat terlebih dahulu. Kebetulan, ayah gue telepon ke rumah lo. Kata Bi Sari, lo lagi di luar."

"Iya, gue lagi gak di rumah."

"Gue sudah tahu lo di mana. Hanya saja, gue menunggu lo kasi tahu saja. Ternyata..."

"Hm... oke kabari saja nanti kalau sudah sampai."

"Hahaha... Iya ya ya. *By the way*, lo lagi ngapain di rumahnya?"

"Uhm... ya... sepertinya gue susah menjawabnya sekarang." kata gue dengan berpikir panjang menjelaskannya kepada Amri sambil menghela napas panjang.

"Gimana kabar lo sekarang?"

"Baik. Lo?"

"Sama. Ya sudah, sampai jumpa nanti. Jangan lupa, gak baik terlalu berpikir yang aneh – aneh sendirian."

"Hahaha... Sok tahu lo, Ri. Ya sudah, sampai jumpa."

Terkadang apa yang ingin gue ungkapan berbanding terbalik dari apa yang telah terucap. Merasa lebih baik memperlihatkan kekuatan dibandingkan mengekspresikan nya dengan kesedihan.

Heran. Kenapa Amri tiba – tiba bisa datang? Sudahlah. Nanti gue tanya saja langsung, kalau diteruskan di telepon yang ada Amri nyerocos.

Dari kamar Rama, gue beranjak ke dapur sekalian membantu Bi Riska. Sepertinya, makanan sudah siap di luar dugaan. Makanan yang disajikan terlihat enak. Akan tetapi, gue harus mencobanya.

"Bi? Maaf tadi saya tidak membantu."

"Eh... tidak apa – apa. Jangan sungkan. Bibi sekalian mengingat yang Dik Gema jelaskan. Bukan begitu?"

"Hehehe... Lain kali kalau perlu bantuan, jangan sungkan hubungi saya ya, Bi."

"Terima kasih. Nanti pasti kalau lupa, bibi minta bantuan. Ayo dimakan."

"Iya bi. Oh ya, bibi mau ke mana itu? Makannya di sini saja."

"Hehehe... bibi makan di dapur saja."

"Tadi kan saya sudah bilang, jangan sungkan. Lagi pula, Bi Sari di rumah juga makannya sama kita barengan. Kenapa, Bi Riska tidak?"

"Terima kasih, Dik Gema."

"Sama – sama. Lain kali, panggil Dik Gema juga boleh. Jangan panggil den atau bos. Saya kan hanya tamu di sini. Lagi pula, Bi Riska kan lebih tua dari saya. Ya, seharusnya saya lebih hormat, kan?"

"Hehehe... Sudah jadi kebiasaan dan etika saya."

"Sudah – sudah, bi. Silakan bi, kita makan sama – sama." kata gue mengajak Bi Riska untuk duduk bersama di meja makan.

"Selamat makan!" ucapan gue ketika mengawalinya dan berdoa. Ada satu hal yang gue lupakan dan belum pernah gue perhatikan sebelumnya. Ternyata, melodi piano yang selama ini gue dengar menjadi bagian penting yang telah disetel untuk waktu diputarkan nya.

Memerhatikan ke arah piano, mendorong gue untuk memainkannya. Akan tetapi, gue selalu membayangkan obrolan Rama, saat pertama kali piano ini datang ke rumahnya. Hm... Sepertinya rasa kebahagiaan itu hadir dengan melodi piano, yang menemani gue makan malam saat ini. Tak terasa, sudah dua tahun lamanya masih saja belum bisa untuk tidak memikirkan obrolan – obrolan tentang Rama.

~ Catatan ~

Sejatinya, ia yang kuat dari luar.
Menanggung banyak beban kesedihan dari dalam.
Sepertinya, ia dipandang cuek dan berhati dingin.
Akan tetapi, ia hanya manusia biasa.
Merasakan hal yang sama, merasakan kesedihan.
Namun, ia memilih menutupinya, tidak menunjukkan ataupun mengungkapkan.
Menutupi sebuah kesedihan ialah meragukan kekuatannya sendiri, kekuatan untuk menghapus air mata.

AMRI

Pada hari ini, gue membuat sebuah lukisan yang masih gue kerjakan sebelumnya. Sebelumnya, gue masih berpikiran akan membuatnya dengan mudah ternyata tidak. Bagaimana tidak. Ketika gue, merasakan kembali momen kebersamaan 2000 Impian itu, seolah-olah masih ada rasa perpisahan yang mendalam atas kejadian tersebut.

"Kak Gema?" panggil Ana.

"Iya, kenapa Ana?"

"Bisa bantu nganterin Ana?"

"Kemana?"

"Ke rumah Rani. Ana, mau bawa pesanannya." kata Ana dari pintu kamar gue.

"Oke."

Menyelesaikan beberapa pekerjaan rumah membuat rasa lelah juga. Apalagi, seharian di rumah. Jadi, sekalian ke luar buat anterin Ana kan bisa menyegarkan pikiran.

Lukisan yang gue kerjakan masih belum selesai. Mungkin, gue kerjakan setelah antar Ana ke rumah Rani.

"Ana!" panggil gue dari ruang tamu sambil bersiap – siap menggunakan jaket.

"Sebentar kak. Tunggu dulu, masih kurang satu lagi." kata Ana dari dapur. Terlihat Bi Sari juga membantu Ana. Gue melihatnya langsung membantu untuk membungkuskan makanan yang sudah disiapkan di meja makan.

"Ini sudah bisa dibungkus kan?"

"Oh, sudah."

"Kakak bantu saja, biar cepat."

"Oke." kata Ana sebari menuangkan beberapa kue ke dalam kotak.

Setelah semua siap, gue berangkat menuju rumah Rani. Lokasinya tidak terlalu jauh dari rumah. Jadi, tidak terlalu jauh untuk mengantar makanannya. Di dalam perjalanan, gue membeli sebuah rujak buah. Kebetulan Ana juga suka. Jadi, makan di rumah saja.

Setibanya di rumah, gue berpikir ada tamu ayah yang datang karena ada gelas di ruang tamu.

"Bi ? Ada tamu ya?" tanya gue sambil menaruh helm.

"Iya."

"Oh, ini ada rujak. Kalau Bi Sari mau."

"Hehehe... terima kasih lo direpotin."

"Saya mau ke atas dulu."

"Kak, kue nya yang tadi masih sisa. Mau minta?" tanya Ana.

"Boleh dong. Kasi Bibi juga."

"Hehehe... Bi Sari sudah coba tadi. Enak!" kata Bi Sari

"Iya jelas enak. Kan, dibuat koki masak yang andal." kata gue sambil menuju ke kamar. Ternyata Amri! Sudah di kamar gue.

"Eh! Sudah datang lo?" tanya Amri.

"Lah? Ternyata lo tamunya? Gue kira, teman kantor ayah."

"*By the way*, lo lagi buat lukisan apa?"

"Ya, biasa lah buat mengisi waktu luang gue, Ri." jawab gue, sambil salaman dengan Amri.

"Gimana lo gak bawa apa – apa habis nganterin pesanan?"

"Gila lo! Seharusnya gue yang nanya."

"Hahaha... Siapa tahu kan. Tuh! Ada di meja lo."

"Wah!!! Apaan nih?"

"Giliran ginian, semangat amat. Itu, oleh – oleh baju. Spesial karena ada lukisan tangannya."

"Keren! Terima kasih, Ri."

"Sama – sama."

"Lo, mau kue atau rujak nggak?" tanya gue sambil mengemas oleh – oleh dari Amri.

"Apa saja dah. Lagian gue sudah makan juga tadi."

"Lo, mau ikut gue ke luar nanti?"

"Kemana?"

"Kedai kopi. Sekalian gue mau ketemu, rekan kerja gue."

"Oke."

Obrolan kita masih sama saja dan gue tidak begitu heran. Apalagi kaget. Amri, orang yang sudah gue kenal dekat dari kecil. Selain karena rumahnya dekat dengan rumah gue. Amri sahabat gue, kehadirannya selalu di saat semua momen perpisahan yang telah terjadi. Kesal. Ekspresi gue ketika mengatakan berkali – kali kepadanya. Bagaimana tidak. Ia bersekolah di Surabaya. Terakhir, ia pergi dan mengatakan akan kembali lagi ke Jakarta. Rencananya akan mengambil jurusan yang sama seperti gue. Akan tetapi, ia sebelumnya magang di Surabaya. Ia tinggal di sana karena orang tuanya yang pindah tugas.

Pertemuan gue di kedai kopi hanya membahas seputar rencana laporan pemberhentian magang. Namun, belum begitu tahu kapan. Jadi, hanya obrolan untuk berdiskusi.

"Ma, lo mau berhenti magang?" tanya Amri.

"Iya nih. Kan, rencana gue bakal ikut ayah di Amerika, Ri."

"Yah. Padahal gue mau magang di sini juga."

"Yakin lo?" tanya gue sambil memakan kukis.

"Rencananya. Lo kan sudah mau selesai. Masak ya, gue baru masuk."

"Ya elah. Baru rencana, Ri."

"Hm..."

"Terus lo di Surabaya?"

"Gue sudah selesai magang. Ayah kan pergi ke Jakarta karena di Surabaya juga sudah tidak ada urusan juga. Jadi, gue ikutan ke Jakarta. Sekalian kan. Lagi pula, gue kemarin karena Nenek sakit biar ada yang jaga, nemenin ibu juga."

"Ya sudah, lo magang di sini saja lah!"

"Tapi kan?"

"Masih saja dibahas. Kan, gue baru rencana, Ri."

"Oke deh."

"Oh ya, gue mau tanya sesuatu tentang Ibunya Rama?"

"Kenapa?"

"Mumpung lagi santai. Besok ke rumahnya saja. Kan, bisa ketemu silaturahmi."

"Ibunya Rama, dia sudah pergi ke Yogya, Ri."

"Lah? Rumahnya yang kemarin itu? Di jual? Atau ada yang nempatin?" tanya Amri dengan nada kaget.

"Enggak. Rumahnya masih ada. Dia panggil Bi Riska, asisten rumah tangganya di Yogya untuk tinggal di sini. Sementara waktu karena daripada kosong."

"Oh... Lo sudah sempat ke sana?"

"Sudah. Lo mau ke sana?"

"Boleh lah. Hanya saja, lo kemarin kesana buat ngapain di rumahnya?"

"Iseng saja."

"Oh ya! Lo lagi buat lukisan apa tadi?"

"Rencananya buat kenangan saja. Sebelum pergi ke Amerika, nanti kan bisa taruh di rumah Rama."

"Hm... *By the way*, kondisi lo gimana sekarang? Sudah baikan kan?"

"Ya begitulah, Ri. Kadang masih ingat beberapa momen. Apalagi kalau sudah lihat hadiah yang diberikannya. Bukannya gue sedih. Hanya saja, memori gue selalu memutar momen – momen itu."

"Hm... Sekarang masih?"

"Banyak tanya lo, Ri."

"Ya elah! Jugaan kalo gue diam, malah lo minta cari topik. Hahaha..."

"Hehehe... Masih sama, Ri."

"Ya, tapi gue percaya lo pasti bisa. Bisa ngelewatin semuanya dengan baik. Kan, ada gue juga."

"Iya ya ya, Ri."

"Lo harus ingat gue sudah tepatin janji gue, dua tahun lalu."

"Iya, terima kasih, Ri."

"Itu hadiah siapa yang di atas meja lo?"

"Kotak dari gudang itu."

"Gue kira hadiah."

"Iya dulu. Hanya saja, gue jadiin satu kotak."

"Besok gue mau lihat ya."

"Silakan. Lo, gak mau ke rumah gue nanti. Sekalian ketemu ibu gue, kan?"

"Enggak, Ma. Besok jugaan gue ke sana."

"Tumben. Lo sibuk memangnya?"

"Yah. Gue siapkan berkas buat syarat magang dulu."

"Astaga. Gue kira kenapa? Perlu bantuan?"

"Gak usah. Lagian gak terlalu banyak juga fail-nya."

"Oke, Ri."

Amri yang berencana magang di perusahaan yang sama. Akhirnya. Menurut gue, ini mengingatkan kebersamaan gue kembali ketika satu sekolahan sama Amri. Senang. Jelas saja. Jadi, gue ada sahabat yang kebetulan magang di perusahaan yang sama.

~ Catatan ~

Terkadang hal sederhana, bisa membuat kita merasakan nyaman.
Kehadiran sahabat.
Meskipun hanya sekadar bercerita hal konyol.
Jika menurut mu, salah?
Mungkin bagiku, kamu belum menemukan sahabat sesungguhnya.
Sungguh mempunyai seorang sahabat adalah hadiah istimewa dari Tuhan.
Sahabat ialah seorang yang memiliki kasih sejati, selayaknya dirimu mengasihi dirimu sendiri.

CATATAN RAMA

Pagi hari ini, gue disibukkan dengan memandikan Kalas. Anjing jenis *the border collie*. Dulu, Kalas masih bisa dengan mudah dimandikan. Sekarang, semakin besar dan kakinya sudah cukup kuat untuk menonjok hehehe... Kalas yang patuh bukan berarti saat dimandikan akan mudah begitu saja. Akan tetapi, ini yang dinamakan *adventure*.

"Ana! Bawa pengiring nya. Kalas, sudah selesai mandi."

"Iya iya. Sebentar!"

"Oh ya, vitamin buat bulunya masih ada di kotak?"

"Masih kak."

"Oke! bantu ambilkan, Ana." kata gue sambil mengeringkan tubuh Kalas yang masih lumayan basah.

Misi memandikan Kalas, selesai.

"Eh! Sudah dari tadi, Ri?" tanya gue sambil membawa Kalas ke dapur untuk memberikan makanannya.

"Baru kok."

"Ya sudah, tunggu dulu. Gue mandi juga belum hehehe..."

"Santai, gue bantu?"

"Nggak usah. Lo jadi bos saja dulu sana."

"Sial. Gue ke balkon saja deh dulu."

"Oh oke-oke. Ntar gue naik."

Amri yang sedang menunggu gue. Setelah memandikan Kalas, gue bergegas mandi terlebih dahulu. Usai tersebut, gue menghampiri Amri yang sedang membaca sebuah catatan dalam kotak. Kotak tersebut gue ambil dari gudang. Gue yang sedang sibuk sendiri mengeringkan rambut, Amri sambil membaca satu per satu isi surat tersebut.

"Lo kayaknya mendalami sekali, Ri?" tanya gue dengan sesekali menoleh ke arah Amri dari pantulan cermin.

"Iya nih. Habisnya gue kemarin gak ada di sini. Jadi, banyak juga cerita yang gue gak tahu. Jujur, gue salut sama lo, Ma."

"Lo dari tadi baca itu?"

"Iya, banyak sekali, Ma."

"Ya sudahlah. Gue mau turun dulu buat ambil air minum." kata gue.

Menaruh sedikit air minum agar nanti tidak teriak – teriak panggil Bi Sari lagi. Hm... Akhirnya, gue melanjutkan kembali lukisan gue dengan penuh konsentrasi. Sesekali gue juga mendengar bacaan Amri yang sedang membaca beberapa catatan Rama. Sebenarnya, Amri sedikit membantu gue. Hal ini tentu menambah imajinasi gue dalam membuat lukisan ini. *Mood* gue juga bisa semangat lagi untuk segera menyelesaikan lukisan ini.

Seingat gue, Amri seharusnya sudah tiba di tumpukan yang berisi tentang catatan Rama dengan Bara. Ya, bagaimana pun. Ibu Sarah memberikan catatan Rama untuk gue simpan dengan baik.

"Hari ini aku dan Bara, menjalani perawatan di rumah sakit. Kami berencana untuk pergi ke taman bermain setelah mendapatkan obat. Aku melihat Bara tidak seperti biasanya. Akan tetapi, aku selalu menyemangati nya. Hari ini, baru pertama kalinya, aku melihat Bara pingsan di hadapanku. Semangat, Bara! Nanti kita main lagi. Rama, 14 Maret 2000."

"Tuhan, Bara masih punya kesempatan untuk bermain dengan Rama? Biarkan Bara bangun dari kasurnya. Aku ingin bermain dengannya. Jika tidak malam ini, besok pagi saja. Tidak apa – apa kan, Tuhan? Rama, 22 Maret 2000"

"Bara! Terima kasih ya. Wekernya aku masih bawa di hari pemakaman-Mu. Aku ada di sebelah mu. Jadi, sebelum aku pergi, kamu masih bisa bermain denganku. Sepertinya, kamu sudah tidak bisa ikut bermain. Aku menunggu terlalu lama. Bara! Aku tinggal dulu ya.

Ibuku sudah lelah menunggu mu juga. Lain kali, kita mainnya. Rama, 7 April 2000."

"Hari ini, disuntik oleh dokter tanpa Bara di sebelah. Terasa asing. Biasanya aku selalu berusaha kuat agar tidak terlihat takut dan di tertawakan oleh Bara. Sekarang, aku menangis setelah pertemuan kita di rumah sakit ini, Bara. Apakah kamu tertawa melihatnya? Hm... Rama, 12 April 2000"

Lukisan yang gue kerjakan sepertinya hampir selesai. Amri, masih meneruskan membaca beberapa surat Rama. Sejujurnya, gue terlintas berpikiran dengan Rama. Seandainya, Rama ada di sini, apakah dia akan membiarkan Amri membaca catatannya? Hehehe... Akan tetapi, gue akan menjawab, "Tenang, Amri juga sahabat lo kok. Lagi pula gue memang sengaja membiarkannya kok. Biar lukisan ini cepat selesai, Rama." Hm...

"Ri? Lo boleh bantu gue ambil cat warna, ada di ruang baca." kata gue sambil melemparkan kuas ke arahnya.

"Astaga, santai napa dah!" jawab Amri dengan melihat bajunya.

"Tenang. Kuas bersih itu."

"Iya ya. Gue bantu."

"Hahaha... Terima kasih, Ri." kata gue sambil melanjutkan lukisan dengan sisa cat warna yang ada.

Amri kembali membawa cat warna, gue melanjutkan kembali beberapa bagian lukisan yang gue belum selesaikan.

"Oh ya, Ma. Lo tahu, umur Rama waktu kejadian ini?" tanya Amri dengan pandangan serius.

"Hm... Ibu Sarah pernah cerita kalau umur 13 tahun, Rama punya sahabat dengan Bara."

"Ibu Sarah, ada cerita lain lagi?"

"Oh ya, waktu ulang tahun Bara. Rama berencana mengembalikan weaker itu kepadanya. Akan tetapi, Ibu Sarah memberi tahunya kalau lebih baik di simpan. Sebagai gantinya, kamu berikan hadiah yang sama seperti Bara tapi yang lebih bisa digunakannya."

"Wah... *Amazing*! Terus akhirnya, kenapa bisa weaker itu akhirnya lo simpan?"

"Ya, gue pikir. Rama memberikan ini karena dia percaya kalau gue bisa menjaganya. Lagi pula, jam weaker ini bisa menjadi kenangan."

"Lo sudah baca semuanya ini, Ma?" Kata Amri sambil menunjukkan kotak tersebut.

"Sudah, Ri." Kata gue sambil menoleh ke arahnya.

"Oh ya, gimana lukisan lo?"

"Lagi sebentar saja selesai kok."

"Keren, Ma!" Kata Amri dengan nada terkejut melihat ke arah lukisan gue. Perlahan – lahan dia mengamati gue yang sedang melukis.

"Iya, gue terpikirkan untuk membuat posisi Rama yang sedang berada di sebuah ruangan. Rama yang sedang memainkan piano nya dengan latar perpaduan hitam dan biru langit. Di sudut kanan dan kiri atas, gue menambahkan beberapa titik bintang. Menurut gue, dengan warna biru memberitahukan bahwa gue tidak mampu menjangkau titik Rama saat ini. Jadi, seolah – olah Rama bermain piano melihat ke arah ruangan yang berbeda." Kata gue sambil menjelaskan kepada Amri.

"Gue hanya bisa bilang, KEERREENNN!!!" Kata Amri sambil kembali duduk.

"Terima kasih, Ri. Awalnya gue sedikit bingung mau melukis dengan gambaran seperti apa. Ya, akhirnya. Gue mendapatkannya."

"Oke deh. Gue tunggu, Ma."

"Siap!"

Amri pun meneruskan kembali membaca beberapa tumpukan surat yang tersisa di kotak tersebut. Entah kenapa, gue terpikirkan pada tumpukan surat di kotak itu. Seharusnya, isi tumpukan surat itu sudah habis.

~ Catatan ~

Terbayangkan? Ketika seseorang yang selalu ada di sisi kita.

Menghilang dengan waktu yang tak terduga,

Siapkah ia untuk merasakan hal yang mengejutkan ini?
Bahkan Sang Waktu yang bisu tidak bisa menyampaikannya.
Apakah kita bisa menebaknya? Kapan? Hari ini? Besok? Ia akan kehilangan seseorang tersebut?

SURAT 05 2004 FAHREL

Terlintas Kak Fahrel, dalam benak gue. Bagaimana tidak. Sontak hal ini membuat gue kaget. Amri, membacakan beberapa surat dari Kak Fahrel, rentang waktu yang cukup lama membuat gue kaget bukan main. Sejujurnya, kematian Kak Fahrel adalah peristiwa terberat yang pernah gue rasakan dalam hidup ini. Jelas saja. Semua peristiwa itu membuat gue banyak mengalami perubahan.

Amri membaca sisa surat dalam kotak tersebut.

"*Perbedaan antara kegagalan dan perpisahan. Terkadang, seorang manusia akan mengartikan dengan singkat. Bahkan begitu singkat. Jika ia, tidak bisa memahami konteks keduanya. Setidaknya, memahami satu diantaranya. Memang benar, ia akan merasakan kesedihan. Percayalah. Bangkit jadi solusinya. Kegagalan diawali dengan percobaan untuk membuktikan kekuatan sesungguhnya. Perpisahan diawali dengan pertemuan untuk membuktikan kebersamaan sesungguhnya.*"

"Surat itu tertanggal berapa, Ri?" tanya gue sambil mendekat ke Amri.

"Hm... 2 November 2004, Ma."

"Hah!? Kok bisa!?" kata gue dengan nada kaget.

"Lo kenapa, Ma?"

"Mana coba gue lihat juga." kata gue sambil melihat isi surat Kak Fahrel. Rasa kaget gue berdasar. Kenapa? Karena seharusnya surat ini tidak ada di kotak ini. Tapi kok bisa? Hm...

"Benar kan?" tanya Amri sambil melihat ke arah gue dengan heran.

"Hhmm... Berarti surat di Bulan November dari Kak Fahrel ternyata di sini."

"Memangnya lo taruh dimana sebelumnya?"

"Seingat gue, gue pisah – pisah surat sesuai dengan orangnya dan gue tumpuk sesuai tanggalnya, kan memudahkan gue bacanya juga."

"Oh... Jadi, lo sudah baca surat ini?"

"Belum."

"Hah? Seriusan lo, Ma?"

"Iya serius."

"Lo baca duluan saja dah, Ma. Gue mau ambil air minum dulu."

Perlahan – lahan gue membuka satu per satu surat dari Kak Fahrel. Surat tertanggal 5 November 2004, selama ini gue berusaha simpan dengan baik setelah kejadian Kak Fahrel meninggal. Entah kenapa. Dorongan gue untuk membaca surat ini sangat kuat. Dulu, gue memutuskan untuk tidak membaca beberapa surat Kak Fahrel karena akan lebih sulit nantinya. Jika nantinya, gue harus lebih berusaha untuk bangkit dengan menambah banyak memori tentang Kak Fahrel lagi di pikiran gue.

Gue membuka surat Kak Fahrel tertanggal 5 November 2004,

"*Gema! Pengiriman surat ini sebagai bukti. Jika nanti, kakak meninggal. Mungkin, surat ini adalah jadi pengiriman surat terakhir dari kakak. Maaf, tidak bisa kembali melihat mu dan bermain gitar bersama ataupun bersenang – senang kembali. Ada satu hal yang harus kamu ketahui dan lebih penting dari apa yang sudah terjadi. Kakak harap kamu tidak panik. Ayah sedang tidak baik – baik saja. Ayah sehat. Akan tetapi, saat ini Ayah sedang dalam bahaya. Kematian kakak mungkin akan menjadi sebuah takdir. Kemarin, tanpa sengaja, kakak melihat gerak gerik seseorang yang selalu memantau posisi ayah. Dugaan kakak ternyata benar. Ada seseorang yang berencana membunuh ayah. Bukti surat ini, kamu jaga baik – baik. Kakak, tidak tahu harus berbuat apa sekarang. Mungkin saja, kematian kakak akan segera tiba. Apalagi, apartemen kakak sudah diketahui oleh mereka. Ini bukti, kakak mendapatkan teror. Jika seandainya, kematian kakak nanti terjadi, semua ini murni karena seseorang yang mengancam nyawa ayah. Ini sangatlah mendesak. Semoga kamu dapat memberitahukan ayah hal ini."*

Membaca surat dari Kak Fahrel, sontak membuat gue panik dan kaget serta rasa bersalah karena tidak membaca surat ini dari awal. Pertanyaan pun datang, bagaimana ayah bisa bertahan sampai saat ini? Apakah sudah terlambat untuk gue? Menenangkan diri gue dan segera berpikir melakukan apa selanjutnya.

Amri pun datang dan melihat gue.

"Ri! Ayah gue." kata gue dengan nada gemetar.

"Iya kenapa, Ma? Kenapa ayah lo?" tanya Amri, membalas dengan panik sambil membaca surat tersebut.

Sontak Amri menyuruh gue untuk segera mengambil telepon dan menghubungi ayah. Kejadian yang begitu cepat ini harus segera diberitahu kepada ayah.

Gue pun memanggil Ana dan Bi Sari untuk menghubungi ibu.

"Ana!!! Bi Sari!!! Hubungi ibu sekarang!" kata Gue menuju ke arah ruang tamu dengan wajah panik dan terengah – engah.

"Kenapa kak? Ada apa?" tanya Ana yang segera menghampiri gue dan Amri di ruang tamu.

"Cepat hubungi ibu. Ini lihat surat Kak Fahrel!" kata gue sambil melihatkan isi surat ke arah Ana dan Bi Sari.

"Ana hubungi ayah dan Bi Sari hubungi ibu!" kata gue sambil menenangkan diri dengan minum air putih.

"Ma, lo tenang. Jangan panik." kata Amri menenangkan gue.

"Ri. Lo tahu isi pikiran gue selanjutnya harus ngapain?" tanya gue dengan menatap Amri.

"Ya sudah, gue bakal temenin lo ke Amerika." jawab Amri. Menyadari ini terlalu lama merupakan kesalahan gue yang sangat fatal. Selama ini gue terlalu dibelenggu oleh kekesalan akan informasi kematian Kak Fahrel.

"Kak! Ana sudah beri tahu ibu untuk pulang. Kebetulan nomor ayah tidak bisa dihubungi." kata Ana.

"Oh ya, Ana coba terus hubungi Ayah ya. Kakak mau beli tiket dulu." kata gue sambil bergegas menuju ke kamar.

"Sialan! Kenapa setelah sekian tahun, baru terungkap sih." kata Amri sambil memukul dinding kamar.

Gue pun segera mengakses pembelian tiket pesawat untuk segera berangkat. Hal ini tentu sangatlah mendadak. Tanpa banyak pertimbangan, gue langsung memutuskan untuk segera pergi ke Amerika.

"Ma, gue serius ikutan." kata Amri.

"Iya, Ri. Gue mohon bantuan lo."

"Kak, nomor ayah masih belum bisa dihubungi. Ana sudah hubungi melalui staff ayah untuk bisa hubungi balik." kata Ana, menghampiri gue.

"Hm..." kata gue sambil melihat beberapa foto yang disisipkan dalam surat tersebut. Foto-foto tersebut menunjukkan beberapa tempat, dalam pikiran gue menduga tempat yang Kak Fahrel duga menjadi incaran pelaku.

"Bi! Mana Gema dan Ana?" panggil ibu yang baru saja datang ke rumah.

Kita pun segera ke ruang tamu untuk menemui ibu.

"Bu! Bagaimana ini, Gema salah. Ini bagaimana..." kata gue dengan nada panik.

"Sudah beri tahu ayah?" tanya ibu sambil posisi duduk dengan rasa cemas.

"Baru bisa menghubungi staff ayah saja. Sudah Ana coba menghubungi ayah." jawab Ana.

"Gema sudah pesan tiket pesawat ke Amerika. Ibu tenang saja, nanti Gema kabari ya." kata gue dengan menenangkan ibu.

"Ini bu, di minum dulu airnya." kata Bi Sari sambil memberi tahu ibu untuk minum air putih.

"Nanti Amri juga ikutan kok, bu." sahut Amri.

"Hm... Bukannya terlalu bahaya kalau kalian menyusul ke sana. Biar ibu saja ke sana, kalian berjaga – jaga di sini saja." kata ibu dengan menatap cemas ke arah gue.

"Ibu tenang saja. Gema juga sudah sama Amri kok. Besok, Gema dan Amri akan berangkat ke sana. Sekarang, kita berdoa saja dulu bersama. Sebari menunggu telepon dari ayah." kata gue.

Kami pun berdoa bersama untuk keselamatan kita semua, terutama ayah yang ada di Amerika. Kejadian ini tentu mengagetkan seluruh anggota keluarga.

Seusai berdoa, gue di bantu Amri untuk menyiapkan koper keberangkatan.

"Ma, mending lo selesaikan saja dulu lukisannya. Besok kita sudah berangkat. Kita tidak tahu kan, kapan bakal baliknya. Gue yang bantu mengemas nya." kata Amri sambil membantu gue mengambil beberapa pakaian.

"Hm... Terima kasih, Ri."

"Iya. Gue bantu. Jangan panik, masalah ini tidak bisa diselesaikan dengan posisi kita panik. Harus tenang dan jangan gegabah. Saat di sana kita juga harus tenang, ingat tenang."

"Iya, bagaimana gue bisa tenang, Ri."

"Bisa. Percaya gue."

"Kok gue bodoh sekali. Terlalu egois kah gue, Ri? Selama ini gue percaya kematian Kak Fahrel karena narkoba. Bahkan, ayah sama ibu gue juga. Sial, Ri. Gue bodoh!" kata gue dengan nada keras.

"Sekarang saatnya, Ma. Masih ada kesempatan untuk mengambil tindakan, Ma."

"Lo ada pemikiran nggak, Ri? Kematian Kak Fahrel tahun 2004 itu, apakah sudah di rekayasa. Apakah pengadilan atau kepolisian tidak mengeceknya?"

"Hasil autopsi kan sudah dinyatakan seperti itu, Ma. Akan tetapi, setelah gue pikir – pikir sepertinya Kak Fahrel menjadi sasaran pembunuhan berencana."

"Sedangkan gue, baru menyadari setelah 10 tahun dari kejadian sesungguhnya, Ri."

"Berarti selama ini lo sudah ada firasat untuk membuka surat ini sebelumnya?"

"Iya. Hanya saja, setelah kehilangan Rama gue sempat ke gudang beberapa kali. Mungkin, saat gue terburu – buru dan rasa ketidak ingin tahuan gue saat itu. Jadi, gue sampai lupa surat Rama gue tumpuk di kotak surat Kak Fahrel. Hm... Sumpah, Ri. Gue bingung untuk menjelaskannya lagi, kenapa bisa gue se ceroboh itu."

"Pantesan lo kaget tadi."

"Gue belum kebayang kalau gue. Seandainya. Seandainya hari ini, gue tidak menemukan secara kebetulan surat ini. Arrghhh!!!"

"Ya sudah, Ma. Lo tenangin diri sendiri. Sekalian lo lanjutin lagi sedikit lukisan lo. Nanti malam, gue bakal ke sini lagi."

Amri pun pergi ke rumahnya untuk menyiapkan koper untuk keberangkatan besok. Kecemasan yang gue rasakan sangat tidak terduga. Gue masih berandai – andai dengan kejadian yang kebetulan tadi. Seandainya Amri tidak membaca surat dalam kotak tersebut. Seandainya Amri tidak menghabiskan membaca surat dalam kotak tersebut. Seandainya gue tidak membiarkan kesengajaan ini terjadi. Seandainya gue tidak iseng mengambil tumpukan surat dan menaruh catatan Rama dalam kotak tersebut. Seandainya semua itu tidak terjadi, apakah hari ini gue bisa seleha – leha tadi?

Lukisan yang gue buat pun sudah selesai. Beberapa bagian yang masih kurang, akhirnya sudah selesai. Melihat lukisan ini seolah – olah Rama membantu gue dari sana.

"*Terima kasih, Tuhan. Terima kasih, Kak Fahrel. Terima kasih, Rama.*" ucap gue dengan sangat bersyukur.

~ Catatan ~

Setelah jauh berjalan, dan meninggalkan kepergiannya.
Titik titik tersebut seakan memutar dan jika bisa aku gambarkan.
Kini diriku berdiri tepat di seberang lingkaran itu.

Jika kamu kembali, andai kamu kembali, dan mungkin kita kembali ke masa itu.
Apa yang akan kamu sampaikan?

LUKISAN

Hari ini gue pergi ke rumah Rama. Sebelumnya, gue sudah memberitahukan kepada Ibu Sarah, kalau gue memberikan sebuah lukisan. Gue harap dengan adanya lukisan ini, sedikit tidaknya memberikan kenangan yang berharga bagi Ibu Sarah.

Dalam obrolan melalui telepon, Ibu Sarah sangat senang mendengar kabar ini. Sekaligus gue juga menyampaikan akan pergi ke Amerika. Berapa lama gue di sana, gue juga kurang tahu. Pamitan dengan Bi Riska, sekaligus meminta maaf. Jika gue tidak bisa membantu. Seandainya, Bi Riska menghubungi gue apabila perlu bantuan.

Lukisan ini gue beri judul, "*Pemilik Pintu Waktu*". Selain itu, gue juga menambahkan puisi sebagai keterangan lukisan.

"Pemilik Pintu Waktu"
Ia memainkan jari jemari,
Mengisi kenangan dengan melodi,
Memainkan piano di ruang itu,
Menghadap ke arah pintu dengan ruang yang kosong,
Ia yang tiada,
Kini sudah berada di ruang itu,
Ruangan putih,
Pemilik pintu waktu: Lihat ia yang sudah masuk ke ruangan milik mu,
Ia sudah menemukan ruangnya,
Tunggu aku di ruangan itu.
Terima kasih sudah menemani ku di ruangan yang berbeda,
Saat waktu kita masih bersama.

Lukisan ini gue letakkan dekat dengan piano yang sering dimainkan Rama. Piano ini sudah diatur untuk bermain sendiri secara otomatis. Semoga, engkau tenang di sana.

Malam pun tiba...

Gue bersiap – siap untuk keberangkatan besok begitupun dengan Amri.

~ Catatan ~

Jadilah ia kisah yang indah.
Bagai bintang yang bersinar di malam hari.
Kegelapan yang ditemani dengan sinar rembulan.
Jadilah ia saksi bisu bahwa kegelapan juga memberikan arti keindahan.

PERTEMUAN BISNIS

Keberangkatan gue dan Amri ke Amerika menjadi sebuah perjalanan dengan teka – teki hebat untuk mencari dalang pembunuhan Kak Fahrel.

Ditemani oleh ibu dan Ana ke Bandara. Gue berpamitan dengan mereka.

"Bu, jaga diri dengan baik. Semoga Ayah selamat di sana." kata gue sambil memeluk ibu dengan nada sedih.

"Kamu dan Amri, ingat jaga diri baik – baik. Hati – hati di sana. Kalau ada apa – apa ingat segera hubungi ibu dan ayah." kata ibu sambil mengusap punggung gue.

"Iya bu." jawab gue.

"Kak, ingat kabari Ana juga." sahut Ana.

"Iya Ana. Ana juga jaga diri baik – baik. Ingat jaga ibu." kata gue sambil tersenyum ke arah Ana.

Setelah berpamitan, gue pun berangkat.

Dalam perjalanan gue dan Amri sempat mengobrol perihal kematian Kak Fahrel.

"Ma, berarti selama ini kematian Kak Fahrel sudah direncanakan, kan?" tanya Amri.

"Sepertinya, Iya. Gue bahkan lebih memikirkan Kak Fahrel, gue selama ini salah paham akan kematian Kak Fahrel. Selama ini, gue memikirkan Kak Fahrel meninggal karena narkoba. Dulu, gue berpikir kalau Kak Fahrel menutupi suatu masalah dari gue. Akan tetapi, semuanya sudah terpecahkan." kata gue sambil melihat ke arah jendela pesawat.

"Hm... gue sangat mengerti keadaan lo, Ma. Bahkan bertahun – tahun lamanya, kita baru mengetahuinya."

"Ri. Ini salah gue. Kenapa gue bisa se egois ini!"

"Tenang, Ma. Semua yang sudah terjadi biarkan berlalu. Sekarang, kita selesaikan tugas untuk mencari pelaku pembunuh Kak Fahrel."

"Iya, Ri. Terpenting kita harus segera memberitahukan ayah perihal ini."

"Oh ya, setibanya nanti di kantor lo. Gue bakal jadi asisten lo."

"Kita berdua harus hati – hati juga, Ri."

"Jelas, Ma. Ingat kalau ada sesuatu yang di rasa janggal, wajib untuk kasi tahu satu sama lain."

"Oh ya, jangan di depan semua orang. Termasuk di kantor ayah, kita masih belum tahu pelaku sesungguhnya. Apalagi ada beberapa foto dalam surat Kak Fahrel, salah satu tempatnya kantor ayah gue."

"Oh iya. Kita selidiki satu per satu, Ma. Termasuk orang terdekat dari ayah lo juga."

"Iya, Ri."

Setibanya kita di Amerika, staff ayah membantu gue untuk ke apartemen. Di apartemen, kita sempat menanyakan perihal jadwal ayah dan gue sempat menghubungi ibu untuk sekadar berkabar posisi kita berdua.

Pada hari pertama, gue akan dijadwalkan untuk melakukan pertemuan di kantor ayah. Amri yang sebagai asisten, menyarankan gue untuk segera memberitahukan ayah tentang perihal ini. Akan tetapi, setibanya gue di kantor masih belum sempat bertemu dengan ayah. Pertemuan gue dengan ayah di kantor hanya membahas hal – hal se putaran perkembangan perusahaan terkini dan mengenalkan gue ke beberapa departemen yang ada. Ayah sangat senang mengetahui kedatangan gue. Terlebih lagi, ayah memang menginginkan hal ini sejak dulu. Pesan ayah untuk bersekolah di sini dan menemani aktivitas ayah terwujud juga. Namun, semenjak kepergian Kak Fahrel gue berpikir berulang kali untuk pindah sekolah ke Amerika. Pada akhirnya, gue memulai aktivitas kantor sebagai seorang manajer departemen konsumen.

Pertemuan bisnis pertama gue, sangat mengejutkan beberapa rekan – rekan ayah karena kedatangan gue termasuk mendadak. Akan tetapi, ayah sempat memberitahukan untuk melanjutkan kuliah di Amerika dan meneruskan jabatan ayah sebagai presiden direktur utama. Akan tetapi, hal ini masih gue pertimbangkan karena tujuan gue ke Amerika hanya untuk mencari tahu pelaku pembunuh Kak Fahrel dan mencari kebenaran sesuai dengan isi surat Kak Fahrel.

Di apartemen, gue meminta pertimbangan kepada Amri.

"Ri? Lo mau kuliah di sini?"

"Iya gue ikut lo, Ma."

"Seriusan, Ri. Kalau seandainya kita kuliah, apa bisa kita di dekat ayah, Ri?"

"Seharusnya bisa kok. Terlebih lagi kedekatan lo sama ayah kan bisa dikatakan sangat dekat. Kenapa tidak, kan?"

"Iya sih. Gue masih sedikit dilema, seandainya kejadian itu terjadi. Akan tetapi, gue tidak ada di sisi ayah, Ri."

"Tenang. Gue kan masih ada, Ma."

"Iya gue gak mungkin juga kan, Ri. Masak setiap saat, apa – apa lo dan minta bantuan lo juga."

"Ma! Gue ke sini bantu lo. Bukan menyusahkan lo kok. Gue sangat senang dan bahkan sangat senang. Apalagi kita sudah bisa mendapatkan pelaku pembunuhan Kak Fahrel nantinya. Kita harus secepatnya cari tahu kebenarannya."

"Hm... Terima kasih banyak, Ri."

"Gimana, gue baik kan?"

"Sangat baik lah. Lo ingat kabari gue kalau ada apa – apa ya."

"Seharusnya lo, Ma. Posisi saat ini lo lebih berbahaya. Ayah lo setiap saat ada pengawalan ketat."

"Iya sih. Gue lebih khawatir ke lo. Seharusnya gue gak melibatkan orang lain."

"Kita. Kita berdua, kita sama – sama khawatir. Harus komunikasi satu sama lain."

"Iya, Ri."

Dalam obrolan tersebut, gue akhirnya mengiyakan pertimbangan ini kepada ayah melalui sambungan telepon. Ayah masih belum mengetahui maksud kedatangan gue ke sini karena belum sempat mengobrol terlalu dalam tentang kematian Kak Fahrel. Oh iya...perubahan begitu banyak terjadi akhir-akhir ini, yang gue rasakan adalah banyaknya pendewasaan yang harus dilalui tanpa menunggu waktu semestinya. Sebagai seorang manajer di departemen konsumen memberikan kesempatan untuk dapat memulai kembali keseriusan di bidang bisnis. Ayah mengandalkan gue di sini karena banyak hal, semisalnya waktu magang gue sudah beberapa kali mengikuti kompetensi keahlian dan berkali-kali juga mendapatkan penghargaan di tempat magang. Selain itu, Amri juga lebih hebat daripada gue karena ia lulusan terbaik di sekolahnya dan magang pun di perusahaan internasional.

Terlepas dari susahnya penyesuaian diri di perusahaan ayah sendiri, ketika melihat foto ayah di perusahaan "Suatu saat, gue pasti bisa lebih dari ayah saat ini, dan Kak Fahrel doain gue untuk bisa jaga keluarga kita". Di kampus program akselerasi menjadi incaran Amri dan gue agar bisa lulus lebih cepat dan bisa fokus dengan pekerjaan di perusahaan ayah. Pertemuan bisnis ayah dengan salah satu pemegang saham perusahaan sempat membicarakan beberapa hal, salah satunya tentang kehadiran gue yang akan menjadi pengganti presiden direktur.

"*Hello, Mr. Jose. Introduce this is my son.*" sapa Ayah dengan Tuan Jose seusai rapat perihal bisnis dan kerja sama internasional nya. ("Halo, Pak Jose. Perkenalkan ini anakku.").

"Hoh, *this is your son, you look handsome like your father.*" sahut Tuan Jose sambil mengulurkan tangannya ke gue dan bersamaan dengan senda gurau. ("Hoh, ini anakmu, kamu terlihat tampan seperti ayahmu.").

"*Hello, Mr. Jose. Nice to meet you.*" jawab gue sambil membalas salam dari Tuan Jose. ("Halo, Tuan Jose. Senang berkenalan dengan Anda.").

"*Nice to meet you too. What is your name?*" (Senang bertemu denganmu juga. Siapa namamu?").

"*My name is Kumara Gema Asana from the Department of Consumers. You can call me Gema.*" ("Nama saya Kumara Gema Asana dari Departemen Konsumen. Kamu bisa memanggilku Gema").

"*Have you been here long? I heard many stories from your father about his son.*" tanya Mr. Jose sambil tersenyum. ("Apakah kamu sudah lama di sini? Saya mendengar banyak cerita dari ayahmu tentang putranya?").

"*About 2 months.*" ("Sekitar 2 bulan").

"*Good luck with all your projects. Your father must be proud of you.*" sahut Tuan Jose sambil menepuk pundak gue. ("Semoga sukses dengan semua proyekmu. Ayahmu pasti bangga padamu.").

Tuan Jose ialah sosok yang sangat dekat dengan ayah gue terlepas dari statusnya sebagai seorang pemegang saham dan menjadi dewan penasihat perusahaan tapi ia sudah menganggap ayah gue sebagai anaknya sendiri karena ketika awal mulanya bisnis properti dan arsitektur sangat begitu banyak dan cukup susah bersaing di Amerika. Terlebih lagi banyak hal yang diurus untuk mengurusi bisnis di luar negeri tentunya, namun Tuan Jose pertama kali menjumpai ayah saat itu langsung berniat untuk berinvestasi dan mendukung bisnis ayah di sini sehingga perkembangan bisnis di Indonesia menjadi berkembang pesat karena ekspor dengan kendala tantangan yang ada sampailah pada titik sekarang ini.

Meskipun baru beberapa bulan, gue belajar cukup cepat dan cepat memahami kondisi yang ada. Terlebih lagi, gue akhirnya dapat bercerita dengan ayah tentang kematian Kak Fahrel, meskipun ibu juga sudah bercerita tentang ini dengan ayah melalui telepon, namun ayah masih belum mengetahui detail dan kronologi nya. Pada saat Tuan

Jose selesai melakukan pertemuan, ayah langsung bertanya secara detail hingga melihat isi surat Kak Fahrel.

"Hm...." kata ayah dengan wajah yang sedih dan menyesal dengan menarik napas yang dalam dan melihat ke arah jendela dan sesekali melihat ke arah gue dengan pandangan yang bingung dan kosong.

"Gema minta maaf ya, ayah" kata gue sambil melihat ke arah ayah dengan nada sedih.

"Gema datang ke sini sama Amri untuk mencari tahu pelakunya dan bisa jagain ayah seperti apa yang dilakukan oleh Kak Fahrel. Gema melihat ayah sekarang saja sudah membuat gema sangat bersyukur. Gema takut kalau ayah terluka saja." sambung gue menghampiri ayah sambil menuntun ayah ke tempat duduk dan mengambilkan segelas air putih.

"Nak, bukankah ayah merasa bersalah melihat anak-anak ayah terluka... " kata ayah sambil mengusap air matanya yang terus mengalir dan menahan tangisnya, seolah-olah ayah ingin menguatkan gue dengan raganya yang sekarang namun hatinya yang begitu sayang dengan anak-anaknya yang membuat akhirnya tangisan itu tak terbendung.

Kata Pak Hasan saat gue masih di sekolah sempat menyampaikan ke gue "Bahkan yang terlihat kuat akan rapuh pada saatnya". Memandangi ayah sambil berusaha menghapus air matanya, gue pun memeluk ayah se kencang-kencangnya, bahkan gue pun tidak bisa berkata-kata sedikit pun hanya sebuah pelukan ini yang mengartikan gue ingin melindungi ayah di saat rapuh. Tidak ada yang lebih penting saat ini, selain memeluk dan berada di sisi ayah sampai tenang.

"Hmm...ayah. Kita harus kuat, Kak Fahrel pasti ikutan sedih di surga kalau ayah sedih seperti ini." kata gue sambil mengusap-usap punggung ayah dengan pelukan yang erat.

"Ayah, bagaimana kalau istirahat saja sebentar untuk menenangkan kondisi ayah." sambung gue.

"Gema...ayah baik-baik saja, ayah akan selidiki siapa pelakunya." kata ayah sambil menghapus air matanya.

"Kondisi ayah masih belum stabil saat ini, Gema juga pastikan untuk bantu ayah." kata gue sambil membantu ayah untuk berdiri.

"Gema? Kira-kira Kak Fahrel saat ini sedang ngapain ya?" tanya ayah sambil melihat pemandangan kota dari arah jendela.

"Kak Fahrel pasti lagi tersenyum untuk ayah kok, Gema percaya itu. Dia pasti sudah banyak bantu keluarga kita, Arrghhh... Kak Fahrel semoga gak kesal sama Gema ya, kak." kata gue sambil menunduk.

"Dulu Kak Fahrel janji ke ayah kalau bisa ajak kamu ke Amerika untuk jalani bisnis di sini dan kalian berdua membagi diri untuk bisa jalani bisnis ini nantinya di seluruh dunia. Bahkan Kak Fahrel sempat bilang, kalau Gema sudah bisa banyak hal dan tidak sabar untuk bisa melihat kamu menjadi rekan bisnisnya di kantor." kata ayah sambil melihat gue.

Mendengar kata ayah merindukan kalau seandainya itu terjadi di masa sekarang bahkan Kak Fahrel pasti menjadi orang pertama yang menyambut gue di bandara ketika sampai di Amerika.

"Ayah, Gema boleh tanya sesuatu?" tanya gue .

"Apa Gema?" sahut ayah .

"Apakah seingat ayah ada mempunyai masalah dengan rekan bisnis sebelum kejadian Kak Fahrel terjadi?" tanya gue.

"Hm... saat sebelum kejadian Kak Fahrel di apartemennya, ayah tidak ada permasalahan dengan rekan-rekan bisnis ayah. Namun, ada beberapa hal yang mencurigakan dari Kak Fahrel waktu itu." jawab ayah sambil mengingat-ingat kejadian di masa lampau itu.

"Waktu ayah selesai rapat dengan Tuan Jose, Kak Fahrel sempat bilang kalau untuk rapat di Departemen Keuangan dibatalkan saja tapi ayah tidak terlalu paham yang dimaksudkan Kak Fahrel saat itu kondisi ayah dan Kak Fahrel memang berpapasan, ayah memang membatalkan saat itu juga, namun selesai mengantarkan Tuan Jose, rencananya ayah bertemu Kak Fahrel tapi kata sekretarisnya Fahrel sudah pergi ke apartemen untuk mencari berkas-berkas." sambung ayah.

"Tapi waktu itu Kak Fahrel mencari berkas-berkas apa?" tanya gue.

Ayah pun menceritakan kembali kejadian pertemuan bisnisnya sebelum kejadian Kak Fahrel ditangkap dan ditemukan meninggal dunia karena over dosis narkoba, ketika selesai pertemuan dengan Tuan Jose yang ingin mencari Kak Fahrel untuk menanyakan perihal rapat pertemuan dengan Departemen Keuangan.

"*Hi Greta, I want to meet Mr. Fahrel, is he in his room?*" tanya Pak Mandra sambil tersenyum ke Greta. ("Hai Greta, saya ingin bertemu dengan Pak Fahrel, apakah dia ada di ruangannya?").

"*Hi too, Mr. Mandra. Earlier, I was only given a message if you were looking for Mr. Fahrel to wait in his room because Mr. Fahrel was in the apartment looking for files.*" jawab Greta. ("Hai juga, Pak Mandra. Tadi saya hanya dititipkan pesan jika bapak mencari Pak Fahrel untuk menunggu di ruangannya karena Pak Fahrel sedang ke apartemen untuk mencari berkas.").

"*What documents are taken?*" tanya Pak Mandra dengan tatapan serius. ("Dokumen apa yang diambil?").

"*Sorry sir, I don't know.*" ("Mohon maaf pak, saya kurang tahu.").

"*Alright, I'm waiting.*" kata Pak Mandra sambil berjalan ke arah pintu ruangan Fahrel. ("Baiklah, saya tunggu.").

Pak Mandra berkali-kali menghubungi Fahrel untuk berbicara dengannya di telepon namun tidak ada jawaban. Akhirnya Pak Mandra memanggil staf sekretaris untuk melakukan pertemuan di ruang Fahrel untuk membahas agenda keuangan dan pemasaran perusahaan. Dalam pertemuan bisnis terebut ada beberapa agenda pembahasan yang sangat penting bagi perusahaan terkait dengan akuisisi perusahaan, beberapa lainnya membahas terkait dengan pentingnya pengembangan target pasar perusahaan.

"*Hello, Mr. Mandra. Seriously, are we going to have a meeting in Mr. Fahrel room?*" tanya Ilona kepada Pak Mandra sambil menyiapkan berkas rapat. ("Halo, Pak Mandra. Serius kita akan melakukan rapat di ruangan Pak Fahrel?").

"*Right, we're having a meeting in this room. Oh ya.., this meeting is limited to us before the meeting with the finance and marketing department.*" jawab Pak Mandra yang langsung berbicara terkait dengan strategi perusahaan. ("Benar, kita akan melakukan rapat di ruangan ini. Oh ya, pertemuan ini terbatas untuk kita sebelum melakukan pertemuan dengan departemen keuangan dan pemasaran.").

"*Can you prepare the company development file from last year regarding the impact and benefits of marketing that has been done?*" sambung Pak Mandra. ("Bisakah kamu siapkan terkait dengan berkas perkembangan perusahaan dari tahun kemarin terkait dengan dampak dan keuntungan pemasaran yang telah dilakukan?").

"*All right, Mr. Mandra. Regarding the company's strategy towards the target market, I have summarized from the beginning the Global Company in Modernization project. The percentage reached 15,27.00% of the 51.00% minimum requirements for the success of this project being implemented.*" kata Ilona sebari membahas proses pencapaian proyek Perusahaan G-1 dan memberikan kertas rangkuman kepada Pak Mandra. ("Baik, Pak Mandra. Terkait dengan strategi perusahaan terhadap target pasar sudah saya rangkum dari awal proyek *the Global Company in Modernization*. Persentase yang mencapai 15.27,00% dari 51.00% persyaratan minimal keberhasilan proyek ini dilaksanakan.").

"*There are several things that are targets to be quickly achieved, one of which is: Creative innovation in art and culture design. The percentage of 5.14% of the success of the target market increases the company's revenue in a day in various branches of the company.*" sambung Ilona. ("Ada beberapa hal yang menjadi target cepat tercapai, salah satunya: Inovasi kreatif desain seni budaya. Persentase 5.14% keberhasilan target pasar menaikkan pendapatan perusahaan dalam sehari di berbagai cabang perusahaan.").

"Then why did the company's finances decline in the last year segment? Meanwhile, the increase reported to the company in the shareholder meeting only occurred 2.850932% accuracy while the percentage was 15.27.00% or with accuracy with other projects around 30.199047%. Are there any unreported reports?" tanya Pak Mandra sambil menaruh laporan yang ada di tangannya. ("Lalu mengapa keuangan perusahaan menurun dalam segmen tahun terakhir? Sedangkan peningkatan yang dilaporkan ke perusahaan dalam pertemuan pemegang saham hanya terjadi akurasi 2.850932% sedangkan persentase 15.27,00% atau dengan akurasi dengan proyek lain sekitar 30.199047%. Apakah ada pelaporan yang belum dilaporkan?").

Pemahaman Pak Mandra sangatlah mendetail akan pelaporan perusahaan sehingga membuat sedikit kecurangan terjadi di perusahaannya. Meskipun demikian masih ada yang melakukan percobaan untuk melakukan kecurangan, Pak Mandra selaku presiden direktur utama sangatlah paham dan selalu melakukan proyeksi-proyeksi terkait peningkatan kinerja perusahaan. Sehingga setelah selesai pembahasan dengan staf sekretarisnya, Pak Mandra segera melakukan pertemuan mendadak dengan pimpinan departemen perusahaan. Dalam pertemuannya dengan pimpinan departemen perusahaan, Fahrel seketika menghubungi kembali Pak Mandra bahwa akan ada penyerangan di perusahaan.

"Halo, ayah." sapa Fahrel dengan napas terengah-engah.

"Fahrel! Kamu dimana, tadi ayah cari di ruangan kamu."

"Ayah, posisinya dimana?"

"Di ballroom perusahaan, ayah akan memulai rapat dengan pimpinan departemen perusahaan, kamu segera ke sini juga."

"Ayah, Fahrel kan sudah bilang, jangan adakan dulu pertemuan, perusahaan kita akan ada penyerangan. Fahrel menerima banyak teror di apartemen Fahrel dan di pintu masuk perusahaan ada orang yang mencurigakan sehingga Fahrel harus mengejar orang itu."

"Hah? Kamu dimana sekarang?"

"Fahrel kirimkan dulu berkas-berkas yang berisi teror ke email ayah."

Seketika dalam percakapan tersebut, terdengar suara tembakan dari arah pintu masuk perusahaan G-1 yang membuat orang-orang panik dan petugas keamanan langsung siaga satu melakukan pengamanan. Pak Mandra yang tidak mengetahui akan hal ini terjadi segera menghubungi petugas kepolisian untuk melakukan investigasi. Dalam benaknya berpikir bahwa "Mengapa dengan perusahaan G-1 yang menjadi sasaran dari serangan ini?" sambil ia berjalan menuju ke helipad sesuai dengan protokol pengamanan. Sesekali ia mencoba menghubungi Fahrel untuk mengetahui yang sebenarnya terjadi. Namun, Fahrel masih belum dapat dihubungi.

Pak Mandra mendapatkan informasi langsung dari sekretaris bahwa pelaku penembakan sudah tewas ditempat dan saat ini kepolisian sedang melakukan investigasi terhadap pelaku. Sesaat kabar pelaku terdengar oleh Pak Mandra, ia pun menerima pesan masuk dari Fahrel yang berisikan bahwa saat ini ia sedang menjalani rehabilitasi untuk penyembuhan dirinya atas kecanduan narkoba. Ketika membaca pesan tersebut sontak Pak Mandra sangat kaget. Ia pun segera mencoba untuk menghubungi Fahrel secara langsung untuk mengetahui kebenaran dari pesannya. Ia bahkan sangat bingung, "Benarkah ini?" pertanyaan ini yang pertama kali terlintas dalam pikiran Pak Mandra kala itu. Beberapa kali Pak Mandra mencoba untuk menghubungi Fahrel, namun panggilan tidak terjawab.

Sesaat itu, terdengar dari berita televisi yang memberitakan kejadian penembakan di perusahaan G-1 yang tengah mengalami teror oleh sekelompok orang yang tidak bertanggungjawab. Disisi lain, Fahrel yang tengah dalam perjalanan menuju ke mobil tiba-tiba mendapatkan bekapan dimulutnya yang membuat ia tidak sadarkan diri hingga meninggal ditempat. Penyelidikan ini berhasil diketahui oleh saksi mata yang melihatnya kala itu, namun ia mengira bahwa orang tersebut berasal dari tempat rehabilitasi pecandu narkoba yang sedang berusaha menenangkan Fahrel agar tidak kabur, hal ini disimpulkan dari saksi mata karena melihat berita kejadian meninggalnya Fahrel sebagai pecandu narkoba. Dalam kejadian ini, Amri telah berhasil melakukan investigasi kematian Fahrel, ia berhasil menemukan banyak sekali petunjuk-petunjuk penting dalam pencariannya.

Tidak berselang lama, berita mengejutkan pun terdengar oleh Pak Mandra, berita tersebut tentang meninggalnya Fahrel di Apartemen dengan kondisi overdosis obat-obatan. Kejadian memang cukup singkat sehingga Pak Mandra yang menunggu kehadiran Fahrel di kantor harus segera menyusul Fahrel yang saat itu sedang diliput kepolisian setempat dan menyampaikan keterangan ke media.

"Ayah, Bagaimana kalau Gema hantarkan ke rumah dulu saja?" kata gue sambil memegang tangan ayah dengan sangat erat.

"Baiklah." kata ayah.

Perbincangan yang cukup hangat dan menyakitkan kembali terputar mengingat kenangan kelam tersebut membuat gue merasa bersalah dengan ayah dan Kak Gema, kala ini. "Atas izin Tuhan, gue berharap dapat segera menemukan fakta yang sebenarnya." himbuh gue dalam hati sambil menutup pintu kamar ayah.

Tiba-tiba saja dering telepon berbunyi...

"Gema, lo dimana sekarang?" tanya Amri dalam panggilan telepon.

"Ada apa, Ri?"

"Tampaknya ada penyusup di perusahaan G-1, Ma. Gue ketemu beberapa dokumen dari Kak Fahrel yang rencananya dia bawa."

"Sekarang lo dimana, Ri?"

"Gue di G-1, sekarang gue lagi berusaha transfer data terlebih dahulu data-data di HP Kak Fahrel."

"Oke, gue kesana." Jawab gue dan berpamitan dengan ayah. Tergesa-gesa gue pun segera menuju ke perusahaan. Dalam perjalanan sejujurnya gue sedikit khawatir dengan keadaan ayah sekarang. Semenjak penyerangan terakhir, ada beberapa gerak gerik yang berbahaya selama beberapa tahun belakangan ini di internal perusahaan, namun tetap saja tidak ada bukti akurat selain surat Kak Fahrel dan pesan yang diterima oleh ayah tepat sebelum ditemukannya Kak Fahrel saat itu. Amri dan beberapa tim yang dibentuk untuk investigasi kebenaran yang terjadi kala itu memberikan gue tekanan dengan fakta-fakta yang ditemukan, seiring dengan rasa bersalah yang amat besar dengan Kak Fahrel.

Setibanya gue di perusahaan...

"Gema, lo ngapain tadi?" tanya Amri

"Antar ayah, Ri. Sehabis pertemuan tadi sempat berbincang sebentar tapi yang terjadi malah bikin kondisi ayah *down.*"

"Bagaimana sekarang kondisinya?"

"Tadi sudah gue tinggal istirahat, Ri."

"Oh ya, kita rencananya akan menyelediki pemberkasan internal perusahaan dari catatan Kak Fahrel."

"Catatan yang mana?"

"Kemarin kan sudah gue kasi catatannya."

"Tapi catatan yang dari Kak Fahrel terkait dengan bukti-bukti keuangan itu gue meragukannya Ri. Secara kita saat ini sudah tahu bahwa akun email dari Kak Fahrel sudah di retas. Terlebih lagi, pesan yang diterima ayah juga bukan dari Kak Fahrel."

"Dari mana lo tahu, Ma? Secara bukannya kita semua belum berani menyimpulkan itu semuanya. Kenapa lo ambil kesimpulan seperti itu?"

"Ri, coba lo ingat-ingat lagi. Surat Kak Fahrel 05 November 2004, itu seminggu sebelumnya sudah dikirimkan, dan isi pesannya hanya bahwa ayah saat ini sedang berbahaya. Tepat seminggu tersebut, ayah menerima pesan masuk dari email yang berisi pesan kalau Kak Fahrel sedang menjalani rehabilitasi. Tepat beberapa jam setelahnya ada segerombolan orang yang dilihat oleh Ibu Yota sebagai saksi mata saat itu kalau Kak Fahrel di bekap dari belakang dan beberapa jam kemudian ditemukan meninggal dunia dengan keadaan over dosis obat-obatan."

"Jadi maksud lo gimana, Ma."

"Sudah hampir 4 tahun, Ri. Jika itu benar, kenapa tidak beberapa tahun terakhir terjadi sesuatu kembali?"

"Hm...Polanya sudah kita ketahui. Pelaku berpikir kalau kita semua mengikuti rencana dari pembunuhan tersebut yaitu, Kak Fahrel terbunuh karena kasus narkoba. Ada beberapa kejadian yang gue yakini sendiri, Ma. Misalnya: kronologi kematian Kak Fahrel yang ditemukan tergeletak di kamarnya pada pukul 11:00 a.m disaat yang bersamaan sebelumnya sekitar 30 menit kejadian, Kak Fahrel sempat menelepon ayah untuk segera ke Kantor." kata Amri sambil melihatkan hasil investigasinya.

"Terus kapan Kak Fahrel dapat mengirimkan surat itu, menurut lo, Ri?" tanya gue

"Sebentar. Sebelum kesana, coba lo perhatikan dari susunan kata dari *e-mail* dan surat-surat yang dikirimkan Kak Fahrel, ada satu tanda yang lo harusnya lihat, Ma. Sebelumnya, Kak Fahrel selalu mengakhirinya dengan kata inisial namanya FDF. Lo lihatkan?" kata Amri sambil menunjukkan bukti-bukti lingkaran FDF tersebut.

"Terus ada beberapa surat juga yang tidak berisi tanda ini, Ri." sahut gue

"Yap, benar. Dari jurnal surat menyurat, surat keluar baik dari *e-mail* maupun surat resmi atau tidak, kalau bukan terdapat kata FDF itu berasal dari sekretarisnya, Ma. Gue tahu informasi ini dari sekretaris ayah, bahkan dia saja belum tahu sebelumnya."

"Hah?!" kata gue dengan begitu kaget dan senang mendengar hasil investigasinya bahkan sampai membuat gue terduduk diam dengan pemikiran yang dalam. "Ri, gue salut sama lo." imbuh gue

"Gue lanjutin, dari kejadian sebelumnya 10:00 a.m, sekretaris ayah bilang kan, kalau sempat terjadi pertemuan rencananya, namun ada beberapa kendala juga terkait penembakan di *Ballroom* Perusahaan G-1, kan?" kata Amri sambil melihatkan *newspaper* yang terbit pada saat itu. "Saat kejadian tersebut, Kak Fahrel memang tidak ada di kantor karena memang ingin membawa bukti-bukti penting yang dia dapatkan, kita lihat waktunya, apakah sempat Kak Fahrel sampai meninggalkan pesan begitu banyak saat hari itu juga atau sampai membuka laptop seperti yang disampaikan sekretaris ayah?"

"Hmmm... ayah juga bilang demikian."

"Oke, sekitar 10:15—10:30 a.m terjadi sesuatu di kantor dan *e-mail* masuk ke ayah Lima menit kemudian menyatakan hasil diagnosa penyakit Kak Fahrel yang sedang menjalani proses rehabilitasi. Bukannya, dari kejadian tersebut juga diketahui ada orang yang melihat kalau Kak Fahrel dibekap dari belakang kemudian dibawa kembali ke apartemennya?" kata Amri sembari melihatkan hasil diagnosanya. "Sekitar pukul 10:50—11:05 a.m Kak Fahrel ditemukan tidak sadarkan diri. Sampai sini lo paham kan, kenapa bisa kejadian-kejadian penting di sekitar lokasi CCTV bisa rusak?"

"Huhhhhh...." begitulah tarikan nafas yang gue lakukan setiap mendengar kata-kata yang dikeluarkan oleh Amri.

"Ma, selain dari kejadian-kejadian tersebut, gue malah berpikir justru selain mengecoh pembunuhan berencana ini, ia juga berusaha untuk menjebak kita dengan siasat yang mereka mainkan saat ini."

"Benar juga. Gue juga berpikir yang sama. Ri, lo masih ingat kan cerita kejadian saat penembakan di perusahaan?" tanya gue

"Kenapa Ma?"

"Posisi pelaku dengan arah tembakannya itu terlihat seperti tidak profesional. Terlebih lagi, seorang yang ingin melakukan penembakan dengan terang-terangan berada di depan umum. Gimana menurut lo?"

"Hm...Sebenarnya pelaku menembak ke arah CCTV saja kan?"

"Nahh, benar, Ri."

"Tapi kalau lo bilang itu adalah pengalihan dari kejadian kematiannya Kak Fahrel, berarti secara tidak langsung sebenarnya kematian Kak Fahrel tidak terjadi kalau seandainya dia tidak mengetahui rahasia penting yang ingin disampaikan."

"UHHH" nafas dalam yang gue keluarkan rasanya membuat seluruh energi dalam diri gue juga hilang. "Ri, hari ini lo jangan ada kemana-mana dulu ya. Gue mau memastikan satu hal, siapa tiga orang yang akan cari lo." kata gue sambil menatap ke arah jendela ruangan.

"Ma, lo tenang saja, kejadian ini pasti akan terungkap. Setidaknya, kita sudah yakin ternyata banyak hal yang sudah terjadi dengan Kak Fahrel dan gue juga senang akhirnya lo juga bisa menyelesaikan kesalahpahaman yang lo simpan selama ini dengan Kak Fahrel."

Kejadian di G-1 tidak hanya memberikan kenangan buruk bagi perusahaan, hal ini menjadi luka yang mendalam bagi keluarga gue. Tidak ada yang dapat menjelaskan kejadiannya secara rinci bahkan keamanan perusahaan dan kepolisian. Mitra bisnis perusahaan G-1 juga sempat mengundurkan diri berbagai proyek kerja sama dan memilih untuk meninggalkan G-1 di masa-masa kritisnya. Keuangan, keamanan, dan *branding* perusahaan menjadi puncak kekacauan secara bersamaan pada saat kejadian tersebut. Terlebih lagi, banyaknya kejadian-kejadian yang dimanipulasi membuat gue sendiri sangatlah geram dan ingin segera mengetahui pelaku dibalik kejadian ini. Tentunya, bukti-bukti investigasi ini membuat gue geram akan tindakan pelaku yang sangat begitu licik.

~ Catatan ~

Bahagiakah kamu hari ini?
Begitu banyak hal yang terjadi melibatkan air mata.
Lihat, aku menangis diruangan gelap sendirian, terkadang menutupinya dengan tangan, bahkan membalikkan badan untuk meredam suara isak.
Memutar kenangan memori lampau, membuat aku takut untuk terjatuh kembali.
Mereka pergi meninggalkanku sendiri saat aku terjatuh, itu sungguh membuatku takut, dan sakit jika harus terjatuh kembali.
Terlalu nyaman dikelilingi oleh mereka yang memberiku semangat.

Terkadang kemenangan yang aku raih perlu kerja keras, mereka mengatakannya "Jangan terlalu berambisi.", namun yang aku takutkan jika aku gagal adalah tidak memiliki siapapun yang memberimu selamat bahkan saat menang pun atas pencapaianmu banyak hal yang tidak menyukaiku, mereka menatapku dengan tajam.
Maafkan aku terlalu berambisi hanya untuk mendapatkan sebuah pertemanan, persahabatan, dan kekeluargaan.
Maafkan aku jika membuatmu kagum dengan caraku, "Jangan pergi saat aku terjatuh."

TEROR

Perjalanan hari ini ke pabrik produksi perusahaan. Akan ada beberapa agenda yang akan gue lakukan dengan staf perusahaan, misalnya mengecek kebersihan gudang, alat operasional, keamanan, dan tentunya memastikan produksi yang dihasilkan sesuai dengan hasil pertemuan bisnis semua departemen serta segala produksi berjalan sesuai standar prosedur operasional. Cukup melelahkan, ada perhatian lain yang harus gue perhatikan selain hadir ke pabrik produksi, melihat keamanan pabrik produksi, utamanya pada ruang pengawasan dan pegawainya. Hal ini tentu sangat riskan terlebih lagi, pabrik produksi cukup membahayakan keuangan perusahaan jika terjadi hal-hal yang tidak diinginkan dan pastinya akan mengalami kerugian yang cukup besar bagi perusahaan.

Diskusi terakhir dengan Amri mengingatkan jelas tragedi perusahaan dan pertanyaan dalam pikiran gue muncul, "Kenapa jika ingin melakukan penyerangan di depan perusahaan G-1 dan kejadian yang serupa juga terjadi dengan Kak Fahrel saat itu? Mengapa bukan ke pabrik produksi jika motif pelaku ingin membuat perusahaan G-1 bangkrut total?" Banyak hal yang membuat pertanyaan ini semakin liar dengan segala asumsi-asumsi yang ada di pikiran gue terhadap kejadian G-1 dan kematian Kak Fahrel.

Dari pengecekan pabrik produksi tersebut, gue dan ayah menyempatkan pergi ke sebuah tempat perbelanjaan yang menjadi tempat pembelian hasil produksi perusahaan. Ohh iya... perusahaan G-1 telah melakukan banyak melakukan kolaborasi dan strategi marketing terbaru sehingga keluaran dari perusahaan G-1 berhasil menjadi produk terbaik untuk teknologi rumah masa depan yang menerapkan *artificial inteligent*, selain dari hasil riset perusahaan terhadap kebutuhan pasar masyarakat, perusahaan G-1 melakukan *Major Changes* terhadap hasil produksi perusahaan.

"Gema, lihat disana." kata ayah sambil menunjuk pengunjung yang sedang ramai melihat tempat perilisan teknologi terbaru perusahaan. "Kamu tahu kan teknologi rancangan Kak Fahrel? Dia membuat rancangan-rancangan yang membuat perusahaan kita memiliki perkembangan yang sangat pesat, selain menonjolkan estetika tapi juga memberikan kenyamanan fungsionalitas penggunanya." imbuh ayah.

"Gema hanya berpikir betapa bangganya Kak Fahrel jika dia bisa melihat rancangannya telah berhasil direalisasikan." sahut gue sambil melihat ekspresi orang-orang yang berdecak kagum melihat hasil rancangan Kak Fahrel.

"Gema , coba lihat anak itu! Dia nampak menyukai sekali lampu tidur itu." Seru ayah sambil berjalan ke arah si anak tersebut dan menyapanya.

"Hai, nampaknya kamu sangat menyukai lampu tidur ini?" tanya ayah kepada si anak kecil tersebut.

"Hmmm...bukan aku..." sahutnya

"Ooohhh... saya kira kamu menyukainya." sahut ayah

"Aku ingin membelinya untuk adikku, dia pasti sangat menyukainya."

"Dimana ibumu?" tanya ayah sambil melihat sekitar tempat kita berada.

"Dia menyuruhku untuk menunggunya disini, dia sedang di toilet." jawab si anak.

"Oh iya, namamu siapa?" tanya gue sambil berjongkong di depannya.

"Jan Ristan." jawab si anak sambil tersenyum.

"Jan, kamu ingin membeli lampu ini?" tanya gue.

"Hmm..." tarik nafas Jan sambil memikirkan untuk membeli lampu hiasnya atau tidak.

"Tidak apa, aku bisa membelikannya, jangan khawatir. Nanti kamu ambil saja di kasir ya." kata gue sambil memberikannya ke petugas jaga *outlet* untuk dibawa ke kasir.

"Wahhh... terima kasih banyak kak! Tapi nanti saya ditanya sama ibu." sahut Jan.

"Sayangnya, aku harus segera pergi, Jan. Tidak masalah, bilang saja ke ibumu yang memberikannya orangnya ada disana..." kata gue sambil menunjukkan poster gue di layar monitor *outlet*.

"Jan, kita pergi dulu ya. Jangan kemana-mana, biar orang tuamu tidak khawatir." sambung ayah sambil tersenyum.

"Terima kasih banyak ya, pak." sahut Jan. Ayah dan gue pun membalasnya dengan senyuman.

Kita pun bergegas untuk pergi melihat ke tempat perbelanjaan berikutnya, ayah bilang hal ini harus dilakukan secara diam-diam agar mengetahui dari segi kualitas kenyamanan dan keamanan segala aspek yang ada dalam memasarkan produk dari perusahaan G-1. Hampir setiap tempat distribusi produk berjalan sesuai dengan standar, kita pun segera kembali ke perusahaan G-1. Ada beberapa evaluasi yang gue lihat dan akan disampaikan nanti saat rapat pertemuan departemen konsumen terlebih dahulu.

Hari ini cukup melelahkan, gue juga sempat mengobrol banyak dengan ayah. Terlebih lagi masalah investigasi Amri tempo lalu. Ayah juga akan melakukan investigasi untuk membantu menemukan bukti adanya kejanggalan kematian Kak Fahrel.

Dalam beberapa tahun terakhir, ayah ternyata sudah mengetahui kejadian aneh tersebut dan diam-diam mengintai staf bahkan keamanan perusahaan maka dari itu, ayah melakukan pergantian pegawai secara besar-besaran di perusahaan G-1 termasuk staf pabrik produksi, bahkan termasuk sopir. Secara tidak langsung, gue terlalu naif dan bodoh akan kesalahpahaman ini dengan Kak Fahrel bahkan dengan ayah. Perlahan gue pun mencoba untuk menenangkan diri dan menyesali hal-hal yang sungguh tidak dewasa dari rasa kekecewaan berubah menjadi penyesalan.

"Gema, kamu harus hati-hati dengan tindakanmu, jangan sampai investigasimu dan Amri ketahuan orang lain. Terpenting juga, ingat telpon ayah jika ada apa-apa." kata ayah sambil memberikan sebuah hadiah jam tangan.

"Aku dan Amri pasti sangat berhati-hati dalam hal ini, jika terjadi sesuatu pasti aku segera hubungi ayah." sahut gue dengan menatap ke arah ayah dengan penuh yakin. "Ini apa ayah?" sambung gue sambil melihat ke arah kotak jam tangan.

"Jam tangan ini untuk kamu dan Amri lagi satu, agar ayah tahu posisi kalian disaat terjadi sesuatu." kata ayah.

"Hmmmm, aku dan Amri pasti jaga diri sebaiknya. Tapi aku tidak mau buat Ayah khawatir seperti ini." sahut gue. Ayah segera memutar setir mobil ke pinggir jalan dengan begitu cepat yang membuat gue kaget.

"Huhhhh..." tarikan nafas ayah yang begitu dalam. "Ayah justru lebih khawatir jika harus kehilangan anak lagi dan ayah tidak bisa menyelamatkannya. Pakai ini!" sambung ayah dengan mata yang berkaca-kaca.

Sontak hal ini membuat gue ter-enyuh dan merasakan sesak di dada menahan tangisan mendengar kata-kata ayah. Kita pun melanjutkan kembali perjalanan ke perusahaan G-1. Tampaknya Amri sudah menunggu kedatangan gue. Setibanya di perusahaan, staf lobi menyampaikan gue untuk bertemu Amri di ruangannya.

Sesampainya di ruangan Amri, gue langsung memberikan hadiah dari ayah kepadanya.

"Ri, nih ada hadiah coba lo pakai dulu." kata gue sambil menaruhnya di meja kerjanya.

"Lah, tumben, hahaha... *By the way*, ini jam tangan kok sama kayak lo, Ma? Beda warna doang." sahut Amri.

"Dari ayah gue, Ri. Lagipula itu jam tangan sudah ada sensor titik koordinat lokasi." kata gue.

"Lah, buat apa?" tanya Amri sambil melihat bentukan jam tangan.

"Pakai aja, lagipula berguna buat kita kalau ada terjadi sesuatu yang membahayakan." sahut gue sambil duduk di sofa.

"Bentar, ini hadiah dari ayah lo kan, nah terus kok bisa kepikiran buat kasi ini?" tanya Amri sambil melihat jam tangan dan berdiri.

"Itu karena ayah sudah tahu kalau kita sedang melakukan investigasi, Ri. Eitts... Bentar jangan marah dulu. Ayah sebenarnya juga melakukan investigasi yang sama. Bahkan, ayah sudah melakukan pergantian pegawai untuk mencari pelaku jika itu dari perusahaan G-1 ataupun kaki tangan dari pelaku tersebut." kata gue.

"Hmm... Jadi lo beritahu juga ke ayah, Ma?"

"Iya, itupun secara tidak sengaja karena ayah menanyakan sesuatu gara-gara lo terus cari tahu berkas-berkas kejadian penembakan di perusahaan ke sekretaris ayah." sahut gue. "Lah gue bingung jawabnya karena ayah juga pasti diberitahu juga oleh sekretarisnya, Ri. Secara saat ini segala pegawai sampai tukang kebersihan yang di lobi sangat aktif memberikan informasi jika ada yang mencurigakan." imbuh gue.

"Wahhhh... gimana nih ya. Sekarang yang gue pikirkan adalah bukan lagi tentang ayah lo, Ma. Jika ayah lo aja sudah curiga pasti ada oknum yang mengetahui juga secara diam-diam nih..." kata Amri dengan tatapan melamun.

"Etdah, aneh lo. Hahahaha..." sahut gue.

"Hahahaha... gue dah berpikir keren nih bisa jadi detektif kan ya... eh tahunya ada yang lebih detektif dari gue nih." kata Amri sambil memasang jam tangan.

"Si paling detektif." kata gue dengan nada cuek.

"Hahahaha... santai, Ma." sahut Amri dengan raut wajah yang malu karena aksi konyolnya yang ketahuan dengan begitu mudah oleh ayah. "Ma, gue ada menemukan sesuatu, nih. Lo bisa lihat ini." sambung Amri.

"Naahh!!!!" kata gue dengan nada kaget melihat spesifikasi kamera yang berbeda di area lobi dengan area lainnya di perusahaan G-1 dan ternyata benar firasat tentang keamanan perusahaan G-1 sudah terdapat skema rencana penyerangan di lobi dimana titik tersebut yang menjadi titik lemah penjagaan keamanan meskipun terdapat kamera pengawas hanya saja jangkauannya yang terbatas.

"Coba lo lihat juga di beberapa titik, Ma. Pelaku nampaknya tidak memiliki keinginan untuk penyerangan namun setelah Kak Fahrel bergegas pergi ada seseorang yang memberikan dia sebuah pistol dari balik tas itu. Titik sebelah kanan kamera pengawas dapat menjangkaunya, tampaknya ada perubahan rencana yang direncanakan pelaku setelah mengetahui Kak Fahrel meninggalkan perusahaan." kata Amri sambil melihatkan foto-foto kejadian dari kamera pengawas dari berbagai sudut. Disamping itu, ia tampak juga menjelaskan secara detail waktu kejadiannya, menjelaskan adanya kemungkinan pelaku yang mencoba melakukan penyerangan langsung ke beberapa petinggi perusahaan namun perubahan terjadi disaat Kak Fahrel meninggalkan perusahaan.

"Ri!!!!" kata gue dengan teriak kaget mengingat pernah melihat tas pelaku yang memberikan pistol kepada tersangka itu.

"Kenapa, Ma?!" sahut Amri dengan kaget.

"Gue ingat pernah lihat tas ini, Ri. Sumpah gue pernah lihat orangnya, pas di gudang pabrik produksi perusahaan hampir mirip, Ri." kata gue sambil melingkari pelaku yang gue lihat.

"Hah?!!! Serius lo?!" sahut Amri

"Astaga, pas gue masuk ruang pengawas gue lihat orang ini tapi dimana ya posisinya.... Astagaa, Ri. Serius." kata gue.

"Kapan lo lihatnya, Ma?" tanya Amri.

"Tadi pagi pas pengecakan ke pabrik produksi, Ri." Jawab gue.

"Ya sudah berangkat sekarang, keburu ntar kalau dibiarin siapa tahu ada petunjuk baru kan..." kata Amri sambil mengambil jaket dan segera bergegas mengajak gue menuju ke pabrik produksi.

"Seingat gue tadi ngobrol-ngobrol santai bahas jumlah kamera dan jumlah pekerja di bagian pengawasan. Terus gue juga lihat beberapa titik kamera pengawas. Nah... Ada beberapa orang sih yang gue lihat, gak cuma bapak yang proporsi tubuhnya itu saja, tapi yang jelas tas yang dibawa itu mirip..." kata gue dengan nada terengah-engah sambil berlari menuju mobil bersama Amri.

Arrrrrggghhhhh!!!!!

"Anjir gue berasa lari-larian dikejar anjing di kampung saja!" kata gue ketika di dalam mobil dengan nafas yang berat setelah berlari.

"Uhhh uhhhh... Kita harus cepat sampai sana, Ma. Siapa tahu pelaku masih disana atau setidaknya kita bisa lihat bukti-bukti baru." kata Amri dan segera menghidupkan mobil menuju ke pabrik produksi.

Dalam perjalanan menuju pabrik produksi, Amri memberitahukan untuk gue pergi ke ruang pengawas dan Amri akan mengecek situasi dimana oknum pelaku yang membawa tas tersebut.

"Sampai sana lo langsung ke ruang pengawas, gue coba cari petunjuk di sekitar lokasinya." kata Amri saat sedang menyetir.

"Oke, Ri." sahut gue.

Sesampainya lokasi, gue pun segera menuju ke ruang pengawas. Gue mencoba untuk memeriksa kembali kamera pengawas tadi pagi untuk memastikan bahwa tas yang dibawa sama dengan yang difoto saat kejadian penembakan di G-1.

Dalam pengecekan di pabrik produksi, gue baru menyadari bahwa titik pantauan di tempat Amri berdiri tidak memiliki sensor wajah.

"Ri! Lo sini dah cepat!!!" kata gue dalam telepon.

Amri segera berlari menuju ruang pengawas.

"Kenapa Ma?" tanya Amri dengan nafas terengah-engah.

"Gue kecolongan nih, monitor dan kamera bagian ini terpisah, Ri. Mana kagak ada sensor wajahnya lagi. Siallllll!" kata gue sambil menatap ke petugas pengawas. "Pak, ini kok gak ada laporannya ya? Kenapa bisa satu ini beda ya?" tanya gue dengan sangat kecewa.

Arrrrrggggghhhhhhttttt!

Siallannnn!

"Ini sama tasnya, sialan! Bener dia, Ma!" kata Amri sambil memperhatikan dengan detail tas yang dibawa oknum tersebut. "Coba kita lihat daftar pengunjung yang datang pada waktu itu, Ma." imbuh Amri.

"Pak, coba perlihatkan hasil pantauan kamera dari orang ini, pasti ada terdeteksi di kamera yang lain." kata gue dengan raut wajah yang kesal dan kecewa, kulit gue berubah merah karena kekesalan yang gue hadapi.

Selama melihat hasil pantauan ternyata si oknum menaruh tas tersebut di tempat sampah.

Dringgggg...

Dringg...

"Ma! Tasnya dibuang di tempat sampah." kata Amri melalui telepon.

"Iya gue lihat di monitor dibuang sama dia. Lo jangan dulu mendekat." kata gue yang tetap melihat gerak gerik dari oknum tersebut.

Setelah oknum tersebut membuang tasnya, ia hanya mondar mandir dan selalu menunduk. Gue segera memberitahukan staf pabrik produksi untuk berhenti bekerja dengan membunyikan alarm pabrik produksi.

Booommmmmmmmmmmmmmm!!!!

Darrrrggggggghhhhhhhhhhhh!

Darghhhh!

Getaran terasa hingga ruang pengawas.

Benar saja, ternyata ada peledak di tas tersebut.

"Ri!!!!" teriak gue di telepon memanggil Amri. "Ri!!!! Sialan lo! Jawabbbb, Ri!!!" teriak gue terus menerus ke Amri. Karena tidak mendengar jawaban, gue segera berlari menuju posisi Amri berada.

"Ri, lo dimana, sialan!" kata gue sambil melihat sekeliling lokasi yang sudah dipenuhi dengan asap ledakan. Melalui HT gue memberitahukan untuk segera menginformasikan karyawan segera keluar pabrik produksi maupun yang berada di gudang produksi. Hal ini untuk mengantisipasi kejadian yang serupa di tempat yang berbeda. Ledakan ini mengagetkan semua orang yang berada di dalam pabrik produksi dan gudang produksi.

Tidak berselang lama, sekitar 10 menit kemudian, seluruh pihak dari kepolisian, rumah sakit, staf perusahaan G-1, dan ayah sudah bergegas ke lokasi.

"Ma, ledakan dari tas itu?" tanya Amri sambil berlari menuju ke tempat gue berdiri saat ini.

"Astagaaa, gue kira..." sahut gue dengan tertunduk lemas. "Huhh syukurlah..." imbuh gue dengan nafas yang terengah-engah dan berusaha menenangkan diri.

"Gue lihat ada orang berdiri di sekitar parkiran, sebelah mobil. Gue lari ngejar tuh orang, siallaannn! Dia nempelin ini di mobil." kata Amri sambil melihatkan kertas tersebut.

Isi pesan tersebut terdapat kode morse, yaitu:

-... . / -.-. .- .-. . ..-. ..- .-..

Hah?! Maksudnya?!" kata gue yang masih shock dengan ledakan.

"Gema! Amri! Kalian kenapa bisa disini?! Bukankah Gema sudah di perusahaan tadi? Huuuh... syukurlah kalian, ya Tuhannn..." kata ayah yang melihat kami dengan khawatir. "Kalian cari tempat aman dulu, kepolisian sedang melakukan pengecekan lebih lanjut untuk antisipasi adanya ledakan di tempat lain." imbuh ayah.

Amri dan gue menyerahkan beberapa bukti surat teror yang ada di mobil kepada pihak kepolisian dan memberikan beberapa keterangan terkait kejadian. Polisi langsung memberitahukan bunyi dari kode morse tersebut kepada kami. Mereka juga memberitahukan bahwa untuk memperketat keamanan perusahaan. Kode morse tersebut berbunyi, "*Be careful*". Orang tersebut sudah dapat dipredisikan bahwa seseorang yang tidak dapat dianggap remeh ataupun dipandang sebelah mata karena tindakannya.

~ Catatan ~
Aku tidak tahu, apakah hari ini sudah bisa dikatakan melangkah maju atau aku hanya berjalan ditempat?
Tapi, yang bisa aku pastikan, hari ini aku sudah bekerja keras, bahkan fisik tak merasa lelah tapi pikiran sudah ingin menyerah.
Menyerah bukanlah hal yang mudah.
Perlu proses juga, karena harapan juga masih ada, namun ini juga bukan tentang mengeluh.
Hanya saja... "Bolehkah aku beristirahat?"

APARTEMEN FAHREL

Kejadian di pabrik produksi sungguh mengejutkan sehingga gue dan Amri memberikan sebuah perhatian lebih untuk dapat menjaga diri masing-masing dan saling memperhatikan satu sama lain. Kewaspadaan diri. Pelaku sudah mengetahui, bagaimana kita akan mencari tahu pelaku utama, meskipun menurut gue ini hanyalah gertakan, tapi tetap saja oknum tersebut sudah mulai menampakkan taringnya di depan mata gue. Secara tidak langsung, hal ini menyulutkan amarah yang selama ini gue simpan menjadi meluap terhadap oknum tersebut. Dugaan sementara gue dan Amri ternyata benar, ada yang salah dengan kematian Kak Fahrel selama ini. Dalangnya masih ada, jika pun tidak, gue harus segera mengetahuinya.

Dalam beberapa tahun terakhir, gue selalu kecewa akan sosok Kak Fahrel, ia yang gue kenal sebagai sosok yang menginspirasi dalam hidup gue, ternyata berubah menjadi sosok yang menjengkelkan dalam hidup gue. Bertahun-tahun menelan pil pahit, ternyata membuat gue sadar, selain sebuah kesalahpahaman, semesta mengajarkan banyak hal hingga detik ini. Hm... akhirnya gue pun menyambangi kediaman yang dulu sempat menjadi tempat tinggal Kak Fahrel untuk melihat-lihat apartemennya. Usia yang masih dibilang muda, tapi sudah memiliki apartemen sendiri, dan meskipun beberapa unit sudah ditempati oleh pemilik baru. Tidak semuanya, hanya tempat yang rencananya dibelikan untuk gue dan Ana (adik gue).

Ditempat tidur, gue mencoba melihat sekeliling foto-foto kebersamaan gue dengan Kak Fahrel.

Dringggg...

Dringgg...

Dringgg...

"Halo, Kak Gema? Apa kabar?" tanya Ana melalui sambungan telepon.

"Baik, Ana. Bagaimana keadaanmu dengan ibu disana?" tanya gue kepada Ana, sambil membenahi posisi tidur gue menghadap ke jendela memandangi pemandangan kota.

"Ibu mau bicara, Kak Gema." kata Ana.

"Gema! Kamu tidak apa-apa kan. Ibu khawatir dengan keadaanmu disana, kami disini berencana mau kesana untuk melihat keadaan ayah juga." kata ibu dengan nada khawatir dan cemas.

"Ibu... Gema maupun ayah, itu baik-baik saja. Percaya Gema." kata gue dengan nada yang sangat pelan sambil tertawa kecil. "Lagipula ayah juga mau pulang ke Indonesia, kan?" tanya gue kepada ibu sambil tersenyum.

"Hm...tapi ibu sangat cemas... bagaimana kondisi Amri?" tanya ibu kembali dengan begitu gelisahnya.

"Amri juga baik, dia sedang belajar di kampus, Gema juga lagi persiapan buat ujian." jawab gue.

"Huhhhhh... ingat jangan lupa kabari ibu, kalau terjadi sesuatu segera beritahu ayah, begitupun juga Amri, beritahu dia." kata ibu yang sedikit lega. "Ingat Gema. budaya kita, keamananmu disana sangat jauh berbeda disini dan disana. Dimana kaki berpijak, disana langit dijunjung. Perusahaan ayah, itu banyak sekali saingannya disana, fitnah, hinaan, ancaman, teror, itu cukup membuat ibu khawatir. Jaga dirimu baik-baik disana." sambung ibu.

"Siiiiiap. Gema pasti. Pasti. Pasti. Pasti. Pasti menjaga diri dengan sebaiknya. Lagipula, Gema dan Amri kesini kan karena ayah juga, buat jaga ayah. Ibu juga jaga diri baik-baik sama Ana. Jaga kesehatannya." kata gue.

"Jaga dirimu, ibu tutup teleponnya, ingat sampaikan juga ke Amri, kalian harus saling menjaga satu sama lain." kata ibu.

Percakapan gue dengan ibu cukup lama, karena ibu sangat khawatir dengan keadaan kami disini sehingga wajar saja dia gelisah, apalagi ledakan di pabrik produksi perusahaan sungguh membuat kami tidak menyangka bahwa oknum tersebut sangat berani melakukan tindakan hal tersebut. Menariknya hal ini justru membuat gue semakin yakin bahwa oknum tersebut merasa terusik ketika gue dan Amri melakukan investigasi.

Dringg...

Dringg...

"Halo, Gema?" tanya Amri melalui sambungan telepon.

"Halo, Ri. Lo dimana sekarang, buruan balik lah." kata gue sambil merapikan tempat tidur.

"Bentar, gue ambil perlengkapan kampus dulu." jawab Amri.

"Oke, hati-hati, Ri." balas gue.

Dua minggu dari kejadian tersebut, gue jadi lebih sering untuk tidur di kamar Kak Fahrel hanya untuk mengenang dia dan meluapkan segala kerinduan gue. Beberapa tahun terakhir, gue memahami bahwa kejadian ini sungguh menyakitkan, perasaan gue mengubah apa yang gue percaya dan gue yakini. Sosok Kematian Kak Fahrel tidak hanya tentang kesalahpahaman yang selama ini gue simpan, tapi sebuah kegagalan untuk memahami apa yang gue lihat selama ini dibandingkan satu kesalahan yang tidak pernah dibuat olehnya.

Ruang kerja Kak Fahrel masih menyimpan segala memori, termasuk catatan kecil yang ia selalu buat untuk mengingat hal-hal yang menarik. Dalam sebuah catatan yang menceritakan tentang kepergiannya meninggalkan kedua adiknya di Indonesia demi menggapai cita-citanya.

"Menggapai cita-cita bukan lagi tentang untuk bekerja keras, titik aku berada saat ini adalah tentang pengorbanan. Menggapai cita-cita bukan lagi tentang untuk bangkit karena terjatuh, titik aku berada saat ini adalah tentang bertahan. Menggapai cita-cita bukan lagi tentang untuk berdoa karena mengharapkan sesuatu, titik aku berada saat ini adalah

tentang berserah diri, bersyukur, dan menerima segala apa saja aku dapatkan. Menggapai cita-cita bukan lagi tentang 5W+1H, titik aku berada saat ini adalah tentang permainan peranku di semesta saat ini."

Orang yang menjadikan dirinya sebagai sebuah benteng kini telah menjadi legenda. "Gue, Gema. Seorang adik yang bahkan sempat tidak mempercayai kakaknya sendiri yang telah begitu berjuang tidak hanya untuk dirinya sendiri atau bahkan mengorbankan diri untuk keluarganya, Kakkkk! Aku meminta maaf. Dulu mungkin... kehilangan seorang kakak adalah hal... hal yang sangat sulitttt... aku tidak hanya menyalahkan diriku sendiri, aku menyalahkan begitu banyak orang, sehingga aku tidak lagi menatap penuh kagum kepada siapapun setelah hilangnya dirimu, Kakkk! Percayalah, aku pasti sangat mengecewakanmu, bukan? Aku percaya itu kak. Tapi... tidak lagi kak, aku disini, sekarang aku yang menjaga dengan ragaku untuk ayah, ibu, dan Ana. Oh iyaaa... Kak Fahrel sudah ketemu Rama??? Bagaimana ceritanya, jangan percaya omongannya ya kak, hahaha... Begitupun juga nanti, kalaupun aku gagal menjaga dengan ragaku, setidaknya ketika aku bertemu Kak Fahrel di surga, aku tidak datang menemui dengan penyesalan dan masih dengan kesalahpahaman yang ada, aku bisa menemuimu untuk menagih lagu yang Kak Fahrel janiikan. Oohhh iya,,, huhhhh...banyak ya kak? Semua karya-karya kakak di perusahaan G-1 kini sudah dirilis kak! Semuanya atas nama kakak, cita-cita kakak sudah terwujud , semuannnyaaaa." kata gue sambil melihat catatan tersebut sambil menangis begitu dalam. Gue bahkan berusaha untuk menghentikannya, justru semakin menangis, semakin dalam, dan semakin tidak terkendalikan. Emosi dalam diri gue, meluap begitu banyaknya.

Halaman berikutnya, tertulis:

"Hari ini aku sudah mengajari Gema bermain Gitar, setidaknya sebelum memupuk kerinduan bersama adik-adikku, Gema dan Ana sudah memiliki kenangan yang baik untuk diingat oleh mereka berdua. Teras rumah saat itu terasa hangat sekali, mungkin hal ini yang menjadi

kerinduanku akan semakin dalam. Rumah ini menjadi saksi bisu bahwa aku sudah berjuang semaksimal mungkin, ruangan ini juga yang menjadi saksi bisu bagaimana pikiranku berisik saat malam hari, melihat aku menangis dalam diam, melihat aku berbicara di depan cermin melatih kemampuan berbicaraku. Hari ini adalah hari terakhirku, rumah ini juga sudah melihat bagaimana aku tumbuh, namanya juga rumah ☺, tunggu aku kembali ya..."

Semakin deras dan tak terkendalikan emosi kesedihan gue membaca satu per satu halaman yang dipenuhi dengan catatan dari seorang legenda. Perusahaan G-1 saat ini adalah hasil nyata yang Kak Fahrel lakukan selama bertahun-tahun, selain memiliki apartemen, kendaraan pribadi, dan beberapa anak perusahaan di bawah naungan perusahaan G-1.

Dalam sebuah video hari kelulusan Kak Fahrel...

"Jiahhhh... ada siapa disiniii, menggemaskan sekali...hehehe..." ucap Fahrel yang sedang merekam aktivitas Gema dan Ana yang sedang bermain di teras rumah.

"Hahahaa... Kak Fahrell, itu lagi foto?" tanya Gema sambil berusaha memangku adiknya, Ana. Ia nampak bahagia sekali bermain bersama-sama, terlebih lagi pandangannya kepada Fahrel. Itu dapat sangat mudah terlihat ketika seseorang merasakan kenyamanan disekitarnya, terlihat jelas pupil matanya yang membesar.

"Kakak lagi rekam kalian nih, awas hati-hati pegang Ana..." jawab Fahrel. Ia meletakkan kameranya di meja dan ikut bergabung dengan Ana dan Gema. "Ana, adududu, cupcucpcup... jangan dipukul kakaknya, aduhhh hahaha..." imbuhnya sambil mengambil Ana untuk dipangku bersama Fahrel.

"Ana... eeehh, Kak Fahrel itu loohhh." kata Gema sambil mengambil mainan Ana. Ia nampak telaten menjaga adiknya, Ana. Fahrel nampak tertawa kecil melihat tingkah lucu kedua adiknya. Fahrel beranjak dari tempatnya dan mematikan rekaman kameranya. Ia mengajak kedua adiknya untuk pergi ke lapangan sambil berjalan-jalan bersama Kalas (nama anjing peliharaannya).

Dalam perjalanan ia juga merekam momen tersebut, ia mengatakan kepada kedua adiknya untuk selalu memiliki, mempercayai, dan menjaga satu sama lain.

"Gema dan Ana. Ingat kita bertiga adalah keluarga, kalian adalah salah satu bagian terpenting dari tubuh Kak Fahrel, begitupun Gema dan Ana. Percaya dan saling menjaga menjadi tanggung jawab kita masing-masing karena kita keluarga." ucap Fahrel.

"Siap!" jawab Gema dan Ana berbarengan. "Ohh iya, Kak Fahrel besok kita mau pakai baju apa nih?" tanya Gema sambil berlari kecil dengan memegang sebuah ranting dedaunan.

"Hahaha, kakak sudah siapkan nanti coba saja." jawab Fahrel yang tertawa melihat tingkah Gema. "Hati-hati nanti jatuh jangan loncat-loncat gitu jalannya." imbuh Fahrel.

Terlihat jelas kalau Fahrel sosok yang mandiri dan sangat menyayangi Gema dan Ana. Sesampainya di rumah, mereka segera mecoba pakaian yang akan dikenakan besok. Ia menunjukkan pakaian untuk ayah dan ibunya beserta kedua adiknya. Mereka juga sangat senang melihat Fahrel yang akan segera lulus dari perkuliahan. Fahrel dalam perbincangannya menyampaikan begitu banyak pengorbanan dan air mata dalam mencapai titik ini.

"Hai semuanya! Ini aku lagi mengikuti lomba cerdas cermat di kampus, saat itu aku dalam keadaan sakit, suhu tubuhku 39 derajat celcius, tapi kesempatan yang aku dapatkan tidak mungkin aku sia-siakan hanya karena demam ini. Maaf, kalau aku sedikit tidak maksimal hari ini." ucap Fahrel sambil tersenyum dalam video sambil memegang piala yang ia telah raih sebagai juara satu.

'Selamat Rel!" ucap orang-orang sambil menyalaminya. Fahrel juga meladeni mereka dengan mengucapkan terima kasih atas dukungannya.

Video selanjutnya memperlihatkan Fahrel sedang terbaring lemas di tempat tidurnya, namun ia juga mengerjakan beberapa projek lomba sambil terbatuk-batuk. Posisi kamera dipegang oleh Gema dan sesekali berkomentar dari belakang kamera, "Kak Fahrel dah ya, istirahat dulu..." meskipun nampaknya Fahrel tetap tidak mempedulikan ucapan Gema, ia semakin mengeraskan suaranya mengisyarakatkan agar adiknya tetap merekam dirinya.

"Hasil projek ini aku dedikasikan kepada kedua orang tuaku dan kedua adikku... Oh iya...menariknya projek ini sempat ditolak beberapa kali oleh investor karena ketidakyakinan mereka mengenai pendanaan dan penggunaan yang berkelanjutan, tapi suatu hari nanti, inovasi pembersih kaca otomatis ini dapat digunakan oleh para pekerja di perusahaan gedung-gedung tinggi." ucap Fahrel sambil tetap otak-atik beberapa kabel dan mencatat komponen-komponennya.

Layar mati sebentar.... "Diorama kelulusan mahasiswa." Itulah kalimat yang tampil dalam video. Dalam pikiran gue hal ini tentu sangat tidak menyenangkan, ketika cita-cita yang selama ini diperjuangkan tidak dapat berjalan dengan baik sesuai rencana kita. Tetapi, satu hal yang harus kita semua tahu, perjalanan kita di dunia hanyalah sebuah cerita awal yang ditentukan. Dunia begitu menarik bukan? Kita semua tahu, kita berjalan sesuai dengan peranan kita masing-masing, bahkan angin pun tahu harus mengisi, menghempas, mengembus, dan meniup sebuah ruang tempat yang seharusnya ia berada, apakah kalian setuju tentang ini?

"Kita sekeluarga nanti foto di depan tulisan ini ya!" seru Kak Fahrel sambil menunjuk arah monumen orang yang sedang belajar di halaman kampusnya.

Gue mengarahkan kamera tersebut ke tempat yang ditunjukkan Kak Fahrel.

Ketika rangkaian acara wisuda telah usai, kami sekeluarga berfoto di monumen tersebut. Satu hal yang hampir dilupakan, Kak Fahrel mengisi sambutan pada acara wisuda hari ini. Suasananya tentu haru pilu. Sungguh membahagiakan, bagi mereka yang telah berhasil sampai titik ini.

Video diarahkan pada saat kami berfoto bersama.

"Selamat sekali lagi, segala bentuk haru pada hari ini ialah hasil kerja tuntas yang Fahrel berikan, selamat!" ucap ayah sekaligus memeluk Kak Fahrel. Ibu mengusap-usap pundak Kak Fahrel dengan tersenyum kecil di wajahnya. Kak Fahrel sontak bersujud di kaki ayah dan ibu. Hal itu membuat suasana menjadi terasa sangat erat dan kekeluargaan.

~ Catatan ~

Banyak hal yang menjadi berat ketika memikirkannya.
Bahkan sebuah pelangi terlihat setelah hujan yang dingin.
Tapi, apakah setiap manusia memiliki akhir seperti filosofi pelangi?
Maafkan aku, maafkan!
Aku hanya mengeluh dengan seni.
Percayalah, hanya perkataanku saja yang mengeluh tidak dengan keinginanku yang terdalam.
Aku masih ingin terus berjuang untuk diriku.

KABAR

Hari-hari berlalu begitu cepat, seolah dunia berkata, "Tanpa dirimu, aku bisa berjalan sebagaimana mestinya." Sungguh, waktu berlalu begitu cepat atau hanya perasaan gue semata. Perusahaan G-1 saat ini sedang kembali membaik pasca kejadian terror yang menimpa gue dan Amri di pabrik produksi. Kegiatan perusahaan begitu sangat padat dan banyak sekali aktivitas-aktivitas internasional untuk menjalin kerja sama. Salah satu projek berjudul, "*Green House Features*" begitu popular dipasar internasional saat ini. Penemunya adalah Fahrel Deson Perdana. Pengembangnya gue dan Amri. Ketika banyak orang menyambut baik inovasi ini, tentunya kebahagiaan gue selalu muncul karena bisa meneruskan cita-cita Kak Fahrel.

Green House Features atau *GHF* adalah sebuah inovasi rumah yang menerapkan standar pembangunan rumah dengan tata kelola ruang yang berfokus pada lingkungan. Dalam sebuah lingkungan perumahan yang setiap bangunan rumahnya terintegrasi ke dalam sebuah sistem teknologi super canggih, mulai dari deteksi kebakaran rumah, keamanan rumah, penghematan energi rumah, pengolahan limbah sampah rumah tangga yang otomatis akan dikelola oleh sebuah teknologi sehingga menghasilkan energi listrik yang akan digunakan sebagai daya tampung energi penggunaan alat-alat rumah tangga, bahkan sampah rumah tangga dalam standar *GHF* semua terkelola dengan baik untuk penghijauan di masing-masing rumah yang secara otomatis teralirkan pada pipa dengan teknologi canggih pada area halaman masing-masing rumah tangga. Menariknya, setiap rumah dapat menginformasikan pemiliknya tentang perasaan, misalnya: sedih atau bahagia. Gambaran ini didapat ketika pemilik rumah mampu merawat dengan baik semuanya hanya dengan komunikasi dua arah dengan teknologi yang super canggih.

Dalam peluncuran seri pertamanya, fitur *GHF* mendapatkan trafik penjualan melebihi target. Pencapaian ini tentu membuat perusahaan G-1 dapat kembali memulihkan isu terkait keamanan perusahaan di pasar internasional. "Bagaimana fitur *GHF* memiliki keamanan yang canggih jika perusahaan sendiri bisa terjadi ledakan oleh seseorang yang tidak dikenal dan tak satupun alat keamanan yang bisa mendeteksi oknum tersebut?" ucap wartawan saat peluncuran seri *GHF* pertama. Keributan sedikit terjadi diantara wartawan saat ini. Wajar saja, mereka mempertanyakan sesuatu yang mereka tidak tahu, inilah yang disebut dengan bisnis.

"Keamanan pabrik produksi dengan seri *GHF* pertama memiliki tingkat keamanan yang berbeda. Selain itu, dapat saya katakan disini bahwa kejadian tersebut tidak ada sangkut pautnya dengan fitur *GHF*, saya menjaminnya karena sudah diuji coba berulang kali dan lolos standar." Ucap gue dengan imbuhan "Kejadian di pabrik produksi bukan oknum pelakunya sudah diketahui. Identitas pelaku sudah diketahui pada saat itu juga, kami hanya merahasiakannya dari media."

Amri pun menepuk pundak gue dari belakang, seraya berbisik, "Main elegan, Ma." Sedikit klise, tapi kami sudah merencanakan gertakan demi gertakan di setiap kesempatan untuk membuat pelaku berpikir untuk tidak bermain-main dengan perusahaan G-1 terutamanya dengan keluarga Kumara Gema Asana.

"Siapakah pelaku tersebut?" tanya salah satu wartawan kepada gue.

"Haruskah kami menjawabnya?" sahut gue.

"Iya iya..." ucap banyak wartawan dengan cukup berisik di telinga.

Waktu wawancara sudah habis...

Kami pun melanjutkan untuk berangkat ke perusahaan G-1 setelah dari lokasi peluncuran seri *GHF* pertama. Dalam perjalanan, gue melihat beberapa judul berita yang diliput oleh beberapa media internasional memberitakan perusahaan G-1 telah meluncurkan seri

GHF pertama. Meskipun ada beberapa media yang membuat berita negatif, tim media partner segera melakukan uji banding kepada rekan media tersebut untuk mengetahui kebenaran informasi yang didapatkan, apakah informasi yang salah atau benar. Meskipun sekadar opini pribadi media tersebut, kami mempunyai cara untuk menjawab/klarifikasi informasi tersebut langsung di depan direktur media yang mempublish. "Sebenarnya kita tidak perlu repot-repot untuk menjawab semua pertanyaan wartawan." sindir salah satu pemegang saham kepada gue saat rapat.

"Aset perusahaan begitu banyak, salah satunya nama perusahaan sudah menjadi hak cipta perusahaan G-1, jika itu tidak benar, maka kita harus ajukan banding." jawab Amri ditengah-tengah rapat.

"Siapa yang bisa mengatasi opini banyak orang di media?" tanya Bapak Rudolf.

"Kami sudah membentuk tim media partner dari departemen konsumen, tim khusus untuk melakukan survei terkait dengan informasi produk yang diluncurkan." sahut Amri kepada Bapak Rudolf. Para pemegang saham lantas mulai saling menatap satu sama lain dengan dalih mempertanyakan pengambilan keputusan yang gue dan Amri ambil.

"Bagaimana dengan pengembangan tim tersebut?" tanya Bapak Rudolf kembali.

"Baik, sebelumnya kami tidak membuat tim tambahan tanpa persetujuan dari direktur atau tanpa adanya pembahasan terlebih dahulu, lagipula tim ini sudah ada sebelumnya tapi dibubarkan sebelumnya karena tidak ada peristiwa tendensius." jawab Amri. Ia juga mengimbuhkan "Sebenarnya ada hal yang lebih penting untuk kita bahas dengan durasi pertemuan yang singkat, bisakah kita membahas sesuai dengan agenda kita hari ini saja terlebih dahulu?"

"Peluncuran seri pertama dari *Green House Features* menjadi perbincangan hangat di pasar internasional, banyak sekali competitor yang ingin menduplikasi dan bahkan menjatuhkan produk ini agar terlihat sebagai produk gagal. Saat ini saya selaku direktur madya mewakili presiden direktur ingin memberitahukan bahwa kita semua sedang berupaya untuk melakukan pengembangan dengan teknologi yang mutakhir. Selain itu, pengembangan terkait dengan kasus yang dibahas di media saat ini, tidak ada terjadi hambatan dengan pengembangan proyek yang sedang kita lakukan, semuanya berjalan dengan baik." Kata gue sambil berdiri dan berbicara dengan percaya diri memandang satu per satu wajah pemegang saham perusahaan tahun ini. Penuh keyakinan sembari menjelaskan yang ada di salindia.

Tatapan Bapak Rudolf dalam pertemuan dengan pemegang saham dan membahas hal-hal yang mendesak saat ini terkesan sangat menjengkelkan. Tapi, gue tetap meladeni pertanyaannya karena itu merupakan keistimewaan dari para pemegang saham dalam mengajukan pertanyaan.

Amri yang menghela nafas setelah berakhirnya rapat dengan para pemegang saham melontarkan celetukannya, "Projek seri pertama sebenarnya sudah berhasil dengan pencapaian target melebihi perkiraaan, tapi mengapa seakan-akan para petinggi perusahaan selalu menutupi keberhasilan dengan membahas sesuatu yang buruk? Apakah setiap saat, mereka itu hanya memikirkan masalah? Lantas jika mereka takut akan kegagalan bukannya memastikan hal yang seharusnya lebih genting yaitu terkait pengembangan projek ini, dapatkah lanjut dan kendalanya?" Amri terus bergeming dengan kebingungan dalam dirinya.

"Ri, lu ada waktu buat ikut gue ke tempat Yummy?" tanya gue sambil melihat ia yang masih bergeming sendirian. "Ayo, kita makan di tempat Yummy!" imbuh gue yang berjalan ke arah pintu dan meninggalkan Amri.

"Tunggu, Ma! Sialan lu" umpat Amri sambil tertawa.

Dalam beberapa bulan, projek seri pertama dari *Green House Features* telah berhasil melampui targetnya dan dihentikan penjualannya sampai pengembangan seri kedua kembali dirilis dan proses pembaharuan di seri pertama dilakukan. Tingkat kepuasan pengguna sangat sesuai harapan perusahaan G-1, kini gue sedang disibukkan dengan berbagai pertemuan dan riset terkait *Green House Features.*

Gue dan Amri yang sedang menunggu kedatangan ayah di lobi perusahaan G-1, dikejutkan oleh sesuatu yang tidak kami duga, sungguh mengejutkan!

"Haiiiiiiii!" sapa ibu yang sambil tersenyum melihat kami berdiri sejajar dengan para petinggi perusahaan G-1.

Melihat senyuman dari ibu tentu membuat gue sangat begitu terharu, rasanya seperti sesak dalam dada, gue berusaha untuk menahan rasa haru itu sekuat-kuatnya.

"Amriiii!!!" panggil dari belakang mobil ayah yang sontak gue dan Amri menoleh tajam untuk melihat orang yang akan berdiri dari pintu mobil.

Ternyata orang tua Amri juga datang mengikuti kedatangan keluarga gue, kedatangan mereka diluar dugaan. Bagaimana gue dan Amri bisa berdiri tegap saat momen yang mengejutkan ini? "Ma, lu masih kuat kan?" tanya Amri dengan nada berbisik-bisik kepada gue.

Kedatangan orang-orang penting hari ini tentunya untuk menyambut baik pencapaian dan penyerahan penghargaan dari pemerintah serta lembaga akreditasi bangunan ramah lingkungan yang akan diberikan kepada perusahaan G-1 terhadap projek seri pertama *Green House Features.* Gue dan Amri akan mewakili perusahaan sebagai pengembang projek ini, tentunya bersama Kak Fahrel yang gue harap juga hadir ditengah-tengah keharuan dan kebahagiaan ini, "Kak Fahrel, sungguh rasanya tidak enak menahan rasa haru dengan senyuman seperti ini, kak." ucap gue dalam hati dengan rasa penuh syukur.

Penyerahan penghargaan berlangsung dengan hikmat dan resmi di perusahaan G-1. Seusai acara, gue dan Amri menghampiri orang tua masing-masing. Gue langsung memeluk dan bersujud di depan ibu dan ayah, begitupun dengan Amri. "Ibu, kenapa tidak beritahu Gema dulu kalau hari ini ibu datang?" tanya gue sambil mengusap air mata dan menyeka air mata ibu. Rasa bahagia datang menyelimuti suasana penyerahan penghargaan hari ini di depan perusahaan G-1, disertai dengan langit yang mengharu biru, dan matahari begitu cerah menyinari dunia. Gue dan Amri sungguh tidak menduga dengan kedatangan mereka, sehingga kami pun tidak menyiapkan sedikit tidaknya barang secara khusus.

"Kapan Ibu dan Ana serta keluarganya Amri sampai disini (San Francisco)?" tanya gue sambil menangis sesenggukan.

"Sudah tiga hari yang lalu bersama-sama, katanya ayah kejutan untuk Gema dan Amri hehehe..." jawab ibu sambil mengusap-usap pundak gue. "Selamat ya Gema, ibu bangga sekali sama kamu!" imbuh ibu sambil menangis dan tersenyum serta memegang kedua tangan gue.

"Kak Gema, selamat ya, Ana juga bangga!" kata Ana sambil memberikan bunga kepada gue. Sontak saja, gue juga memeluk Ana dengan erat.

Kabar kedatangan mereka yang tidak gue ketahui sungguh membuat gue gemetaran karena rasa bahagia dan syukurnya dapat kembali berkumpul bersama. Waktu berlalu begitu cepatnya. Gue pun menyapa orang tua Amri, menyambut mereka seperti orang tua sendiri, memberikan pelukan hangat atas kehadiran mereka ditengah-tengah kami. "Ibu dan bapak, nanti kita makan bersama-sama Gema dan Amri karena hari ini sungguh menjadi titik pencapaian kalian juga." ucap gue penuh tulus.

Makan bersama pun berlangsung dan gue siapkan di salah satu hotel yang juga gue kelola bersama dengan Amri. Nama hotelnya, "ONE" dengan harapan selalu menjadi yang pertama dengan nuansa tradisional alam di tepi pantai. Meskipun tradisional alam, kami tetap menggunakan berbagai fitur teknologi.

"Selamat datang semuanya di Hotel One." kata Amri di depan pintu lobi hotel kepada semua keluarga yang hadir.

"Ayolah cepetan kita semua sudah tidak sabar." kata gue sambil bersembunyi di belakang Ana.

"Eh! Baiklah, mari kita masuk." kata Amri sambil berjalan menuju lobi hotel. Mereka pun disambut dengan robot hologram AI untuk menyambut, mengenalkan, dan mengantarkan ke tempat makan bersama.

Dalam perbincangan, robot hologram tersebut ditanya oleh Ana, "Hai, apakah kamu bisa berbahasa Mandarin?"

"Aku bisa saja berbahasa Mandarin, apakah kamu lebih senang berbahasa Mandarin?" jawab robot hologram AI. Sontak langsung membuat semuanya tertawa penuh takjub melihat kecanggihan dari robot hologram AI tersebut.

"Tidak perlu, maafkan aku memotong pembicaraan." Jawab Ana yang juga terpukau karena mereka mengira robot hologram AI tidak dapat diajak berkomunikasi dua arah.

Sesampainya, di meja makan bersama. Ibu langsung memberikan gue pelukan, begitupun dengan ibu dan ayahnya Amri. "Sudah dewasa kamu, Gema. Ingat untuk tidak sombong selalu mengucap syukur atas nikmat yang diberikan oleh Tuhan." ucap ibu seraya menatap gue dengan penuh kerinduan.

"Ayo kita makan-makan dulu, nanti selesai ini kita ngobrol-ngobrolnya lagi." kata Amri sambil mengarahkan tangannya ke kursi.

Kami pun makan bersama dan menikmati kebersamaan serta melepas kerinduan satu sama lain. Suasana yang begitu hangat dan penuh rasa haru.

"Sebenarnya kapan sih kalian sampai sini?" tanya Amri ditengah-tengah suasana makan.

"Dua hari yang lalu, kami juga sudah rencana datang kok sebelumnya. Iya kan Ibu Harum." jawab Ibu Amri.

"Terus rencananya kalian ke sini memang ke acara hari ini kah?" imbuh Amri.

"Kita kan sekalian datang buat acara wisuda kalian juga." jawab Ibu Amri.

"Sebenarnya ini ayah yang bilang buat kita datang lebih awal, katanya biar bisa lebih lama ketemuannya sama kalian, begitu..." sahut Ana.

"Bener kata Ana. Kita diberitahu sama ayah nanti datang tanggal sekian, intinya kalian harus siap-siap karena ... ada kejutan hehehe..." kata ibu sambil tertawa kecil seolah-olah menjahili kami. Kami pun merespon candaan demi candaan tersebut dengan kebahagiaan.

Ayah pun juga datang bersama kami, tapi ia berbicara berdua terus dengan ibu. "Kalian asik berduaaaaa terus." ucap gue sambil menggoda ibu dan ayah. Sontak membuat semua orang tertawa.

"Nanti biar kalian (Gema dan Amri) yang menjelaskan semuanya hahaha..." sahut ayah sambil mengajak kita untuk bersulang bersama-sama.

Tentunya kabar kedatangan mereka membuat gue bahagia. Amri pun turut merasakan hal yang sama. Kedatangan mereka juga untuk hadir di acara wisuda kami nantinya.

~ Catatan ~

Mencapai pencapaian yang orang lain juga inginkan bukan hanya perlu kepercayaan diri atau keberanian.
Ada ketakutan akan gagal atau behasil.
Apakah langkah yang aku ambil sudah berada di jalan yang tepat?
Perlu komitmen dan keyakinan.
Aku tidak ingin hanya menginspirasi seseorang dengan pencapaian yang aku dapatkan, aku tidak ingin mereka menutup mata bahwa kegagalan juga menjadi bayangan hitam yang selalu mengikutiku sepanjang harinya.
Begitulah mengapa cerita atas kegagalan seseorang lebih banyak menginspirasiku untuk tetap bertahan di dunia.

Aku terlalu takut untuk membayangkan diriku atas kemenangan daripada kegagalan, meskipun begitu bukan berarti aku seorang pecundang.

Aku tidak diam dan meratapi begitu saja.

UNIVERSITAS

Awalnya gue datang ke perusahaan G-1 dengan alasan untuk membantu ayah sebagai tongkat estafet guna meneruskan bisnis ini, kemudian begitu kuat untuk melanjutkan cita-cita Kak Fahrel, dan semakin menguat untuk menaruh kepercayaan mereka (orang-orang yang terkasih) dalam sebuah usaha yang gue perjuangkan di perusahaan G-1. Meskipun banyak pembelajaran yang baru, gue berusaha untuk mencobanya terlebih dahulu. Bersyukurnya, banyak orang yang mendukung gue hingga di titik ini. Bahkan gue mempunyai sahabat yaitu Amri, ia tidak menggantikan peran sahabat gue sebelumnya (Rama), ia menjadi dirinya sendiri.

Akhirnya, gue memutuskan untuk melanjutkan pendidikan di perguruan tinggi bersama dengan sahabat gue Amri, kami mengambil jurusan yang sama yaitu di bidang manajemen bisnis. Dalam menempuh pendidikan di perguruan tinggi dibarengi dengan pekerjaan yang berat, tidaklah mudah tapi masih bisa dilewati. Justru gue bersyukur masih bisa melanjutkan kembali pendidikan hingga perguruan tinggi, berarti masih banyak kesempatan-kesempatan yang ada untuk dapat dikembangkan menjadi lebih baik lagi. Amri juga pernah bilang, "Bukan tinggi gelarnya, tapi barang siapa yang mau mencoba apabila ada kesempatan-kesempatan hingga mampu melewati rasa takut, malas, ketidakpercayaan diri, kegagalan, cemoohan, perundungan, kesakitan hati, kesakitan pikiran maka ia telah membuktikan sekecil langkah apapun itu yakinlah tidak ada satupun usaha sia-sia."

Beberapa semester telah gue selesaikan dengan baik hingga sampai penyusunan tugas akhir dan menyelesaikan pengembangan projek perusahaan G-1. Gue juga sempat mengikuti beberapa kompetisi untuk menambah pengamatan gue terhadap inovasi perkembangan sektor bisnis. Seperti halnya ketertarikan dalam sebuah inovasi bisnis begitupun juga mata kuliah yang gue sukai, sekalian untuk melakukan riset terkait dengan permasalahan yang ada secara global. Pemikiran yang masih haus akan pengetahuan tentu saja harus gue gali sedalam-dalamnya, karena hanya begitu gue bisa mengembangkan inovasi dan cara mengembangkan sebuah ide-ide menjadi tindakan-tindakan kemudian menjadi percobaan-percobaan hingga sampai pada hasil dari sebuah inovasi tersebut. Gue berkuliah di Universitas Sans Fransisco, berhasil memperoleh gelar manajemen bisnis. Sebagai seorang mahasiswa tentu membuka pandangan gue seluas-luasnya dari berbagai sudut pandang.

"Ma, lu sudah dapat kabar kah dari kampus?" tanya Amri sambil membaca buku di taman.

"Hah? Kabar apa, Ri?" tanya gue kembali yang sebelumnya menatap langit langsung serius mendengarkan jawaban Amri.

"Hari ini kan ada pengumuman untuk perwakilan wisudawan yang memberikan sambutan." jawab Amri.

"Nah, terus, Ri?" tanya gue.

"Iya...siapa tahu kan itu lu, Ma." jawab Amri.

"Hahaha...mungkin juga lu kan, Ri." Sahut gue sambil tertawa. Sejujurnya, sedikit kaget mendengar perkataan Amri, tapi lebih kaget lagi kalau itu beneran karena rencana Tuhan itu tidak bisa ditebak, setidaknya kita sudah berusaha sebaiknya dan semaksimalnya.

Acara wisuda berlangsung...

"Kumara Gema Asana, Indonesia!" panggil panitia wisuda untuk sesi wisudawan yang akan mewakili sambutan para wisudawan. Seketika, gue mendengar gemuruh begitu hebat terutama di kursi undangan (ibu, ayah, Ana, dan keluarga amri) semua berteriak begitu kencang. Gue yang hanya bisa melihat mereka dari layar depan hanya bisa tertawa kecil karena melihat kelakuan mereka, awalnya gue berjalan begitu tegap menuju podium karena memang hari ini sudah diinformasikan bahwa gue akan memberikan sambutan, jadi persiapan sudah matang. Namun, sungguh momen yang tidak terduga ketika gue melihat layar depan (ibu, ayah, dan Ana) saat mereka secara sontak melambaikan tangan membuat gue seketika berjalan menangis tersedu-sedu. "Ibu dan ayah, terima kasih banyak sudah menjadi seseorang yang Gema kenali di dunia dan menerima Gema dengan penuh hati." kata gue dalam hati seraya mengucap syukur kepada Tuhan. Sejujurnya perjalanan dari kursi ke podium tidaklah terlalu jauh, tapi entah mengapa langkah kaki ketika menuju podium hari ini terasa seperti berjarak kilometer.

"Akhirnya Gema, selamat ya." ucap ibunya Amri sambil tersenyum memberikan salam kepada gue.

"Terima kasih banyak, ibu. Gema terima kasih juga atas wisudanya Amri." sahut gue.

"Weh!" seru Amri sambil menoleh kearah gue yang sedang asik mengambil gambar dengan Ana.

"Gema, ayah dan ibu tentu sangat bangga dengan keberhasilan kamu. Ayah turut berbahagia atas segala kerja kerasmu, maafkan jika ibu dan ayahmu ini membuatmu sedikit terbebani dengan segala bentuk ketidaktahuan ibu dan ayah dari ucapan atau tindakan kami berdua." kata ayah seraya merangkul pundak gue. Ibu juga mengimbuhkan, "Gema, kami hanya bisa selalu mendoakanmu, hari ini adalah kebahagiaanmu, apapun yang menjadi keberhasilanmu sampai titik ini jangan lupa mengucapkan syukur kepada Tuhan ya nak."

"Ibu dan ayah. Gema hanya bisa mengatakan terima kasih selalu mendoakan Gema. Gema jadi mengingat Kak Fahrel sebenarnya." kata gue yang sudah tidak bisa menahan rasa sedih dan segera memeluk mereka berdua (ibu dan ayah). "Kenangan Kak Fahrel masih selalu Gema ingat sampai saat ini, Gema merasa Kak Fahrel juga ikut melihat hari ini, maafkan Gema ya ibu dan ayah." imbuh gue.

"Gema." kata Amri yang mengelus pundak gue dan sontak gue memeluk Amri.

"Terima kasih ya, Ri." kata gue ke Amri.

"Sudah-sudah, kita gunain momen ini untuk foto-foto dulu ya, kasihan tuh Ana daritadi videoin lu nangis." kata Amri sambil menepuk-nepuk pundak gue dan gue melihat semuanya menitikkan air mata.

Kami berfoto bersama di taman kampus untuk mengenang hari wisuda. "Cheers!" ucap kami semua sambil tersenyum.

Potret kebersamaan kami ini (gue, Amri, Dira, dan teman kampus lainnya) telah tertanam sebuah pohon yang akan tumbuh bersamaan dengan harapan kami di masa depan. Kemudian potret kebersamaan keluarga (ibu, ayah, Ana, Ibu Amri, dan Ayah Amri serta Amri), kami difoto oleh Dira.

Itulah bingkai kebersamaan kami saat wisuda.

Kilas balik saat kami (Gema dan Amri) menjalani kehidupan di dunia perkuliahan. Kuliah di semester pertama, gue dan Amri berhasil mendapatkan nilai sangat baik, ditambah ada kejadian menyenangkan dari salah satu penjagaan asisten perusahaan G-1 yang ikut menyamar dan mengawasi gue berdua dari jauh karena kejadian teror di perusahaan G-1 yang masih belum dapat dikatakan aman.

"Bos! Nanti jangan jauh-jauh dari saya ya, saya susah jagainnya." ucap Bapak Degan yang sontak membuat Amri tertawa.

"Pak Gan, kalau nanti kita susah cari teman karena bapak, masak kita temenan sama bapak hahaha..." kata Amri sambil geleng-geleng kepala.

"Bukan, temenan disini tidak penting dan tidak terlalu penting." kata Bapak Degan.

"Lho lho lho, penting dong pakkk. Masalahnya kalau bapak mukanya tegang sekali, malah kita dikira maling nanti disini." sahut Amri yang tidak serius menanggapi perkataan Bapak Degan. Sebenarnya wajar saja Amri berkata demikian karena di satu sisi, Bapak

Degan juga orangnya cukup kocak, dia pernah dikira maling di museum kampus karena bergaya seolah-olah detektif yang mengintip kami berdua. Sebab dari ulahnya tentu saja sedikit membuat heboh saat itu. Kejadiannya pada saat kami berdua sedang mengobrol dengan salah satu petugas meseum menanyakan perihal barang antik. Tapi, Bapak Degan dengan kocaknya malah berjalan jinjit seperti maling di belakang kami dan berlagak detektif. Hadeh, gue masih jelas ingat kejadian itu.

"Pak Degan, nanti bapak tunggu disini saja, kalau kami tidak lewat sini sekitar dua jam lagi baru bapak masuk ya." ucap gue sambil menepuk pundak Bapak Degan, lantas pergi menuju ke ruang kelas.

"Ma, lu yakin sama Pak Degan?" tanya Amri ke gue sambil berjalan menuju kelas.

"Ya menurut lu, Ri? Ini kan pilihan dari Bapak Rudolf (pemegang saham terbesar di perusahaan G-1) ya masak tidak dipercaya, Ri." kata gue sambil tertawa kecil.

"Heh, lu seriusan, Ma?" ucap Amri yang keheranan.

"Telaah lagi hahaha..." sahut gue saat duduk di kursi.

Dosen tiba di kelas, kelas perkuliahan dimulai. Namun, gue dan Amri melupakan Pak Degan saat selesai kelas. Gue malah fokus mengulas kembali materi yang diberikan dosen bersama Amri di dalam kelas. Hingga terjadilah hal konyol yang dilakukan Pak Degan. Ia berusaha menyelinap masuk ke ruang kelas dengan menyamar sebagai mahasiswa.

"*Hello, do you know* Gema and Amri? (Halo, apakah kamu tahu Gema dan Amri?)" tanya Bapak Degan berbisik-bisik dengan salah satu mahasiswa senior yang ada di kelas. Posisi pintu masuk sebagai mahasiswa berada di belakang (kiri dan kanan) dan pintu masuk untuk dosen berada di depan (kiri dan kanan) yang langsung menuju meja dosen menghadap mahasiswa.

"*Sorry, is he your friend*? (Apakah dia temanmu?)" tanya mahasiswa senior.

Kami yang mendengar suara bisikan-bisikan kecil tersebut awalnya tidak terlalu fokus pada percakapan di belakang kami. Akhirnya, terjadi keributan ketika Bapak Degan diketahui bukan mahasiswa di kelas tersebut sehingga mahasiswa senior tersebut berteriak keras sehingga membuat gue dan Amri kaget dan sontak langsung menoleh ke arah mereka. Kami pun segera keluar mengajak Pak Degan.

"Lah, bapak ngapain masuk kelas?" tanya gue yang sedikit terengah-engah karena harus segera sedikit berlari membawa Pak Degan pergi menjauh.

"Iya nih, bikin repot kita saja." sahut Amri yang sedikit kesal melihat kelakuan Bapak Degan.

"Dua jam lebih lho ini, kalian tidak ada balik. Jelas saya khawatir." sahut Bapak Degan.

"Waduh...tapi..." kata Amri yang juga lupa dengan syarat tersebut.

"Ya sudahlah, kita balik ke perusahaan dulu, ayo pak." seru gue kepada Bapak Degan dan Amri.

Akhirnya kami segera pergi ke perusahaan G-1. Gue dan Amri berencana untuk melihat tinjauan pekerjaan dari departemen konsumen terhadap proses riset pasar dan akan mempresentasikannya dengan para pimpinan perusahaan. Peninjauan ini sangat penting dilakukan karena akan memengaruhi hasil keluaran produksi yang telah di etalasekan di beberapa tempat perbelanjaan.

Dalam presentasi gue memaparkan beberapa hal yang menurut gue harus segera diperbaiki, "*In the results of market research. There is a margin between consumer interest and needs (15,0%) which is enough to influence our sales level. We must try to minimize this figure so that once consumers enter a shopping center, they can immediately recommend what products they need.* (Dalam hasil riset terhadap pasar. Terdapat margin antara minat dan kebutuhan konsumen (15,0%) yang cukup memengaruhi tingkat penjualan kita. Kita harus mengusahakan agar memperkecil angka tersebut agar konsumen sekali masuk ke tempat pembelajaan bisa segera direkomendasikan produk apa yang mereka butuhkan." ujar gue dalam presentasi.

Dalam sesi pemaparan selesai, Amri juga memberikan saran kepada para pemimpin perusahaan, "*We have this project which is still under development at Hotel One. We can do development with shopping centers. Interestingly, shopping malls are one of the most direct media, in contrast to online stores. The margin is also 0% between interest and need.* (Kami memiliki projek tersebut yang masih dalam tahap pengembangan di Hotel One. Kami bisa melakukan pengembangan dengan pusat perbelanjaan. Menariknya, pusat perbelanjaan adalah salah satu media langsung, berbeda dengan toko online. Marginnya pun 0% antara minat dan kebutuhan.)" ucap Amri.

"*When that person already has a shopping card, we will specially provide it for them to give shopping discounts at shopping centers. So that we know the details of the shopping they bought, of course it will be interesting when this card is detected at the entrance. Buyers will immediately get a discount offer when they enter the shopping center according to the items that have been recommended from AI, the clerk will know the arrival of each buyer real time.* (Ketika seseorang tersebut sudah memiliki kartu belanja, kami akan menyediakan khusus kepada mereka untuk memberikan diskon belanja di pusat perbelanjaan. Sehingga kami mengetahui detail belanja yang mereka beli, tentunya ini akan menarik ketika kartu ini terdeteksi di pintu masuk. Pembeli akan langsung mendapatkan tawaran diskon saat memasuki pusat perbelanjaan sesuai dengan barang yang telah direkomendasikan dari AI, petugas akan mengetahui kedatangan setiap pembeli secara langsung.)" imbuh Amri.

Dalam paparan penting ini tentu mendapatkan apresiasi yang bagus karena para departemen langsung mendapatkan instruksi untuk segera melakukan eksekusi pengembangan. Gue juga turut masuk melakukan beberapa pengkodingan sistem tersebut untuk membantu memantau. Amri mendapatkan tugas untuk mengawasi perkembangan bisnis secara langsung di pusat perbelanjaan.

Semester kedua dan ketiga gue dan Amri berlangsung dengan sangat baik. Kami masih fokus dalam tahap pengembangan akhir kami dan akan segera melakukan perilisan uji coba tahap pertama. Selain tahap pengembangan akhir, gue disibukkan dengan beberapa momen ujian sertifikasi untuk menunjang akademik. Amri pun sama demikian.

"Ri, lu sudah belajar sertifikasi kan, jangan sampai lu gagal, kacau nanti rencana kita." kata gue.

"Seusaha gue dan seikhtiarnya, Ma." sahut Amri.

"Oke, semangat!" kata gue sambil menepuk pundak Amri.

"Eh lu ingat juga jangan sampai gagal, rencana kita masih panjang nih." ucap Amri dengan serius.

"Semoga." sahut gue dengan perasaan yang sedikit tegang. "Ah elah, gue kok jadi takut ya." imbuh gue dengan detak jantung yang sedikit mulai kencang.

"Bisa, Ma." kata Amri dengan sangat optimis.

Akhirnya kami berhasil melewati ujian tersebut dengan sangat baik, gue dan Amri lolos ujian sertifikasi tersebut.

"Gimana, Ri? Masih amankan jantung lu?" tanya gue sambil tertawa kecil.

"Yah sudah mendingan lah, eh mending mana pas ketemu doi?" tanya Amri sambil bercanda.

"Sialan, sempat-sempatnya lu lirik perempuan." kata gue yang penuh heran.

"Gue gak usah lu bohongin ya, lu sendiri pas ujian natap tuh orang tajam sekali *everybody* (semuanya)." sindir Amri.

"Buset salah lihat kali." ujar gue yang sontak membuat Amri menggelengkan kepalanya sambil berjalan meninggalkan gue dan berkata, "Lihat nanti saja."

Perkembangan projek margin minat dan kebutuhan pun sudah selesai dilakukan uji coba. Gue juga diminta untuk menjadi salah satu narasumber bersama Amri di acara inovasi bisnis global yang diadakan oleh kampus. Beberapa yang lainnya adalah ayah, prof. giltran seorang ekonom terkenal, dan Dr. meiska seorang pebisnis. Mahasiswa yang sejajar dengan para ahli tentunya kami (gue dan Amri) begitu merasa sedikit minder sekaligus bangga. Meskipun demikian, kami memaparkan pusat perbelanjaan sebagai tempat perputaran ekonomi yang signifikan dalam pertumbuhan ekonomi global.

Seusai acara, gue sedikit salah tingkah karena seseorang yang bernama Dira Griana seorang mahasiswa dari jurusan yang sama dengan gue memberikan sebuah bunga kepada gue di depan semuanya. Tentu saja hal ini menjadi bahan lelucon untuk Amri.

"Uhhhh, *show me your move*! (tunjukkan gayamu!)" ucap Amri sambil melirik Bapak Mandra (ayah gue) yang sontak gue hanya bisa membalas dengan ketawa di depannya.

"*Congratulations*! (Selamat!)" ucap Dira sambil mengulurkan tangannya untuk mengajak salaman. Dira menjadi salah satu perwakilan mahasiswa yang memberikan bunga untuk diberikan ke gue dan Amri yang diminta oleh dosen kelas.

"*Thank you,* Dira. *You look so beautiful.* (Terima kasih, Dira. Kamu terlihat begitu cantik.)" jawab gue sambil tersenyum. Gue juga sempat melontarkan beberapa humor kepadanya yang tampil cantik dan berbeda hari ini.

Kehadiran Dira sebenarnya bukan sekadar perwakilan kelas, tapi melainkan seseorang yang sejatinya mengagumi sosok temen gue yakni Amri. Dira lahir di Indonesia dan pindah ke Sans Fransisco karena mengikuti keluarga besarnya sejak SMP. Dira mengakui mengagumi Amri sejak pertama kita memulai perkuliahan di semester satu. Tentunya ketika Dira bercerita hal ini sampai sekarang, Amri masih saja salah paham mengenai kedekatan kami. Akhirnya, dalam sebuah kesempatan ini, bunga yang diberikan Dira gue berikan ke Amri agar dia semakin paham.

“Nih, buat lu, Ri dari Dira, diterima ya, penggemar lu tuh.” kata gue sambil tersenyum dan memberikan bunganya ke Amri.

“Eh, bunganya jelas-jelas buat lu masih ngeles saja.” sahut Amri.

“Pesannya ada di bunga itu.” kata gue sambil memegang kartu pesan yang ada di bunga.

“Bacanya nanti! Etdah...” imbuh gue yang sontak menghentikan gerakan tangan Amri yang ingin membuka isi pesan kartu tersebut. Gerakan refleks tersebut membuat ayah tiba-tiba kaget melihat ke arah gue dan Amri.

“Formal nih.” ucap ayah yang menandakan ayah memberitahukan untuk bersikap tenang.

Seusai acara berlangsung, ayah menghampiri kami untuk berbicara perihal pengembangan bisnis ayah di bidang pertanian, “Nanti kalau bisa, coba kalian cek lahan tanah yang ada. Kita akan buatkan teknologi untuk kesuburan buah dan sayuran tanpa pestisida.” ucap ayah sambil berjalan.

“Oh iya, ayah. Kami belum bisa ambil projek tersebut karena Gema mendengar salah satu isu yang cukup menganggu di perusahaan, Gema meskipun anak ayah tapi setidaknya saat ini Gema fokuskan dulu di departemen konsumen sebaik-baiknya.” kata gue yang sontak membuat ayah berhenti berjalan.

“Ayah pikir itu tidak perlu dihiraukan untuk saat ini.” kata ayah sambil melipat tangannya di dada.

“Hm...Mohon maaf jika Amri memberikan saran sebaiknya mengikuti kata Gema, pak. Proses kita tetap sesuai dengan rencana terlebih dahulu, kita juga tidak mau terlalu mencuat begitu cepat ke publik. Tapi, apapun itu Amri mengikuti bapak saja, hanya saja alangkah baiknya tidak untuk gegabah saat ini.” ucap Amri.

“Etdah, hahaha... Gegabah?!” kata gue yang sedikit kaget mendengar perkataan Amri yang santai sekali memilih kosa kata itu di depan ayah, tidak seperti biasanya begitu formal.

"Sepi, Ma." sahut Amri sambil menaikkan kedua alisnya yang langsung gue respon dengan tertawa kecil.

"Baiklah, ayah mendukung pilihan kalian. Ingat kabari ayah jika terjadi yang aneh, sekecil apapun itu." kata ayah setelah menghela nafas yang panjang dan kemudian melanjutkan berjalan.

Misi gue dan Amri dalam mencari dalang pembunuhan Kak Fahrel masih berlanjut hingga detik ini, sampai pada akhirnya teka-teki tersebut hampir saja terpecahkan namun masih ada keraguan. "Apakah motif sesungguhnya dari kasus ini?" ucap Amri yang selalu penasaran dengan jawabannya dan pertanyaan itu tentunya terngiang-ngiang jelas dalam ingatan gue.

~ Catatan ~

Melakukan sebuah kebaikan seperti menanam, apa yang ditanam maka itulah yang akan tumbuh.

Maka, jika engkau menanam padi maka padilah yang tumbuh.

Filosofi "hiduplah seperti padi yang semakin berisi semakin menunduk", begitu menarik.

Tapi, terkadang kita harus ingat tidak serta merta hanya padi yang tumbuh, ilalang juga ikut tumbuh bersamanya.

Ibarat tumbuh sebagai manusia engkau dapat memilih sebagai seseorang yang baik dan mencabut ilalang (menghilangkan keburukan).

Atau membiarkannya tumbuh bersama dengan ilalang tersebut?

Jangan pernah menyerah, karena kesempatan selalu datang untuk siapapun.

SERANGAN PERCOBAAN

Menyenangkan begitu banyak hal yang sudah terlewatkan dalam mengejar sebuah cita-cita. "Bersyukurlah bagi mereka yang menikmati hasil kerja kerasnya sendiri sebab ia telah menuai begitu banyak duka dibanding suka di dunia ini, hidupnya penuh dengan kasih dan kebaikan." Begitulah ungkapan yang menggambarkan rasa syukur gue terhadap perjalanan hidup yang sudah terlewati. Keajaiban-keajaiban dalam hidup gue tentu membuat gue banyak belajar untuk memenuhi segala sesuatu dengan kepercayaan. Kematian Kak Fahrel begitu banyak membuka mata gue dalam kehidupan ini, bisakah seseorang bertahan di dunia hanya sebuah kebaikan?

Pengembangan projek perusahaan G-1 adalah salah satu cita-cita Kak Fahrel, ia menaruh begitu banyak harapan didalam kerja kerasnya. Suatu hari setelah berlangsungnya mengisi acara sebagai narasumber bersama Amri. Kami (gue dan Amri) melakukan tahap perbaikan atau *maintenance* dalam projek margin yang telah berjalan selama beberapa bulan. Pada setiap kesempatan yang ada, kami (gue dan Amri) juga membahas perihal keamanan perusahaan G-1 terhadap para petinggi perusahaan yang turut terlibat di dalam kasus pembunuhan Kak Fahrel. Dugaan tersebut tentunya secara intuisi dan belum dapat dibuktikan secara konkret, jadi gue masih menduga, "Apakah ada petinggi perusahaan yang ikut terlibat di dalamnya?"

"Gema, lu kan sudah dapat jam dari ayah, itu ternyata bisa buat rekam gambar juga lho." kata Amri sambil melihat dokumen pekerjaan di ruang kerjanya.

"Terus ngecek videonya dapat lihat dimana, Ri?" tanya gue yang sontak melihat dimana kamera tersembunyinya.

"Lah dibagian gelangnya itu kan ada kayak semacam tombol, itu sebenarnya kamera buat rekam. Nah, tapi gue masih bingung juga sih, apa bisa rekam suara juga ya?" kata Amri sambil masih memeriksa sebuah dokumen.

"Menurut gue, apakah ayah lu selalu pantau kita kemana pergi?" imbuh Amri dengan keheranan. Sontak saja gue langsung menghubungi ayah untuk menanyakan hal ini.

"Ayah, ini jamnya bisa buat rekam video sama suara ya?" tanya gue dari sambungan telepon.

"Bisa. Tapi harus diaktifkan dulu pakai data internet dan itu ada kata sandinya, dokumen yang ayah berikan itu sudah isi kata sandinya, tapi itu cukup pakai sidik jari kita bertiga, cuma dimanipulasi saja itu sebenarnya masukin kata sandinya." ucap ayah melalui sambungan telepon.

"Berarti kalau ada sesuatu sama dengan saja dong, pak hehehe..." kata Amri yang ikut dalam percakapan kami (ayah dan gue). "Tapi ini kalau ada sesuatu dia bisa otomatis rekam kan ya pak?" tanya Amri kembali.

"Kalau denyut nadi kalian tidak terdeteksi bukan karena dilepas tapi karena ancaman bahaya mulai dari suhu, jarak navigasi mulai hilang, dan kalian tekan tombol sos yang disebelah kiri. Maka, secara otomatis dia akan merekam menggunakan penyimanan internal menggunakan kartu memori." ucap ayah.

"Keren lho ini..." ujar Amri yang langsung terpukau dan memberikan ucapan terima kasih kepada ayah, "Wah, kalau begitu terima kasih banyak lho ini pak. Mahal dan berharga pastinya." Imbuh Amri.

"Sama-sama. Tapi ingat jangan sampai hal itu terjadi." kata ayah dengan nada serius.

"Ayah juga pakai kan?" tanya gue.

"Semua (ibu, ayah, Ana dan orang tua Amri) sudah menggunakannya.)" jawab ayah.

"Terkirim secara langsung pesan SOS ke pengguna jam tangan yang sama." ucap Amri sambil membaca dokumen tersebut.

"Iya benar sekali, ayah percayakan kalian untuk menjaganya, pastikan kalian tidak menggunakan itu." kata ayah.

"Baik, siap! Hati-hati ya, yah." ucap gue mengakhiri percakapan.

"Kalian juga hati-hati, ayah sebentar lagi juga sampai di Kanada. Kalian awasi dan bantu di perusahaan, ya." kata ayah.

"Siap, yah!" kata gue sambil menutup sambungan telepon.

"Wehh, keren sih ini, Ma." kata Amri sambil memandangi jam tangannya. Gue hanya bisa terheran-heran melihat kelakuannya Amri.

"Ngomong-ngomong jam tangan ini pernah dipakai saat kejadian di pabrik produksi?" tanya Amri.

"Pernah, makanya cepat ada kepolisian dan ayah juga datang." jawab gue.

"Syukurlah. Tapi, kenapa baru ada dokumennya ya, Ma?" tanya Amri.

"Baru dikembangin sama ayah ditambah lagi setelah kejadian itu jam lu kan ada sedikit kerusakan karena kacanya retak. Jadi, sekalian diperbaiki semuanya." kata gue.

"Perlahan-lahan semuanya sudah terselesaikan, Ma." kata Amri.

"Iya ya, sedikit tidaknya berjalan perlahan tapi pasti. Eh iya, surat dari Dira, ngomong-ngomong sudah lu baca, Ri?" tanya gue.

"Gue taruh dulu lah, kelelahan tuh habis jadi narasumber langsung ngerjain projek." jawab Amri.

"Ingat dibaca." kata gue.

"Lu pasti sudah tahu kan isinya?" kata Amri dengan nada menggoda.

"Eh, mana gue tahu, orang bukan gue yang nulis dan buat kok." kata gue dengan sinis.

"Lah...ya sudah lain kali gue baca." kata Amri.

"Terserah lu, makin cepat makin bagus, hahaha..." kata gue sambil tertawa kecil.

Perusahaan G-1 saat ini masih berstatus siaga dalam meningkatkan keamanan disegala lini bisnisnya, salah satunya dari kejadian pabrik produksi tersebut ditemukan celah bahwa ketidaksiapsiagaan dan kegagalan sensor yang tidak dilakukan pengecekan rutin oleh petugas pabrik, maka dari itu gue ditugaskan sebagai ketua pelaksana untuk membuat mitigasi dan perancangan kembali keamanan disegala lini bisnis perusahaan. Penyelesaian tersebut sudah dilakukan dengan baik oleh rekan-rekan kerja yang gue ajak untuk menangani masalah serius ini karena hal ini tentu akan merusak citra dari perusahaan G-1 yang juga sekaligus kegagalan dalam proses perekrutan sumber daya manusia di perusahan G-1.

Semester keempat, gue ditugaskan untuk mengikuti kompetensi olimpiade inovasi bisnis di salah satu perusahaan besar yang ada di China. Keberangkatan gue kesana sebagai perwakilan kampus, kali ini gue tidak bersama Amri karena dia sedang fokus menyelesaikan beberapa hal yang berkaitan dengan perkuliahan dan perusahaan G-1. Dalam kompetisi ini banyak peserta hebat yang akan hadir, informasi dari dosen ahli beliau menyampaikan, "Berhati-hatilah terhadap ide bisnis yang akan dipresentasikan kepada dewan juri karena setiap ide bisnis yang memiliki kerangka pikir yang sama akan dianggap diskualifikasi, dengan kata lain aturan dalam kompetisi ini akan memiliki tingkat kesulitan yang berbeda dari sebelumnya. Ditambah pemenang tidak akan dinilai dari prototipe bisnis yang sudah disiapkan melainkan akan dilakukan seleksi hingga yang bertanding di babak akhir adalah dua orang peserta terbaik." ucap dosen ahli saat memaparkan materi-materi berkaitan dengan olimpiade inovasi bisnis di China.

Persiapan untuk mengikuti olimpiade inovasi bisnis telah berlangsung dengan baik. Keberangkatan gue ke China menuju tempat olimpiade membawa tanggung jawab yang cukup besar karena gue menyerahkan dan meminta bantuan ke Amri untuk mengambil alih pengawasan ke ayah. Rasa kekhawatiran begitu tinggi karena kejadian yang tidak terduga mungkin saja terjadi.

"Ri, gue percaya lu bisa melakukan ini selama dua bulan, ingat jaga baik-baik jam tangan lu jangan lepas itu." kata gue saat di dalam mobil.

"Tenang, Ma. Tapi, gue malah lebih khawatir sama lu." sahut Amri.

"Buset berdoa dan waspadalah kalau begitu, gue juga gak tahu nanti akan terjadi seperti apa, tapi gue harap masing-masing dari kita membawa berita baik." kata gue sambil melihat Amri.

"Eh, gue sudah baca surat yang ada di bunga..." kata Amri sontak membuat gue seketika terdiam dan tidak tahu harus berbuat apa, selain mengatakan, "Terus gimana, Ri?" tanya gue.

"Jadi, selama ini? Dira suka gue gitu?" tanya Amri.

"Bener, hanya saja dia tidak bisa mengambil sikap dan sering bingung. Awalnya gue sudah bilang tidak mau membantu masalah ini, lagian gue juga tidak kenal dia kan, paksaan demi paksaan dilakukan, gue juga bingung harus berbuat apa kan." kata gue.

"Lagian lu kenapa gak bilang, Ma?" tanya Amri kembali dengan nada kecewa.

"Hm... ya karena dirahasiakan." jawab gue.

"Lu pikir perasaan orang bisa dirahasiakan dan dimainkan..." kata Amri dengan cukup serius.

"Weeeeeee..." teriak gue dengan mata ke kiri dan ke kanan. Sikap Amri yang begitu serius membuat gue sedikit kikuk.

"Ri, bukannya gimana-gimana, gue kembalikan saja dah ya ke Dira." imbuh gue dengan singkat untuk menjawab ucapan Amri agar suasana menjadi baik.

"Hm...terus lu pergi nih kan ke China, weee... we... we.... WEEE!!!! Terus gue gimana kalau ketemu Dira!!!!!" kata Amri dengan menggeliat dan sangat kesal dengan gue.

"Kesel gue sama lu, Ma. Cinta itu sesuatu yang rumit dan hidup kita sudah rumit jangan ditambah-tambah lagi." imbuh Amri.

"Gini-gini, nanti gue telepon Dira: Halo Dira, bunganya gak mau diterima sama Amri." kata gue sambil memperagakan orang yang sedang menelpon.

"WEE!!!" sahut Amri dengan tegas.

"Atau gue bilang: Dira maaf masalah bunga sepertinya dilupakan saja." kata gue.

"Sialan! Kalau lu yang telepon dia pasti tahu, kalau gue itu sudah tahu, dan sekarang lu cuma bermain dengan semuanya. Kecuali, kalau dia yang tanya ya lu jawab, kan bisa lu pura-pura lupa atau apalah. Sialan, malah gue yang jadinya repot." kata Amri.

"Nah, tapi kalau dia yang tanya sekarang sebelum gue ketemu dia sih bagus. Kalau belum, gue kan jadi bingung kalau lihat dia." imbuh Amri.

"Eh, seriusan, lu bisa salah tingkah juga, Ri?" tanya gue untuk mengalihkan percakapan yang begitu rumit ini.

"Wee!!! Ini semua gara-gara lu ya. Gue mengira isi suratnya itu apaan, gue tidak ekspetasi sama itu." kata Amri.

Kita pun sudah sampai di bandara dan gue harus segera menuju ke pesawat karena hanya beberapa menit saja akan dilakukan penerbangan. Pembahasan itu terpotong dan gue abaikan sehingga membuat Amri sedikit kesal sekaligus bingung.

"Sudahlah, nanti bahasnya ya, Ri hahaha..." kata gue sambil menepuk pundaknya dan memberikan dia sebuah kartu. Keberangkatan gue ke China bersama dengan satu orang kepercayaan ayah, dan Amri diantarkan oleh petugas keamanan perusahaan.

"Sampai jumpa, Ma. Sekarang dan nanti kita harus ketemu kembali dalam keadaan seperti ini. Semoga hasil yang terbaik. Ciayo!" kata Amri.

"Ciayo!" kata gue dan mengepalkan tangan ke arah Amri. Lalu, kami pun kembali dan berangkat ke tujuan masing-masing.

Dalam sebuah catatan di kartu yang gue berikan ke Amri berisikan pesan,

"Hai, Amri. Sahabat gue yang terbaik. Gue tidak menyangka akan memberikan surat ini ke lu saat gue tidak ada di samping lu. Percayalah gue tahu lu suka sama Dira dari dulu karena apasih yang tidak gue ketahui. Buku catatan harian lu saja gue bisa lihat di kamar lu, lu suka kan sama Dira? Hanya saja karena lu salah mengira gue suka sama Dira juga dan Dira juga lebih menyukai gue karenaa setiap di dalam pertemuan baik itu di kampus, lapangan basket, perpustakaan, pusat perbelanjaan, dimanapun selalu mencari gue dibandingkan lu. Gue tahu perasaan sahabat gue, maaf kalau gue tidak sengaja baca catatan lu. Tapi, saat gue juga mengetahui Dira menyukai lu secara diam dan lu pun sama. Senengnya bukan main, Ri! Satu hal lagi, gue tidak suka lu terus-terusan melakukan ini, jadi gue berusaha secara diam-diam juga sering menelpon Dira ataupun membuat janji agar dia bisa lihat lu, Ri. Ditambah, gue juga mau lihat muka orang seneng, tapi gue gak mau berlarut terjadi kesalahpahaman, sampai di malam hari gue lihat lu sedih saat gue cerita banyak hal tentang Dira, gue tahu lu nangis malam saat itu. Terakhir gue cerita tentang Dira, lu seolah-olah menjodohkan gue, Ri! Jadi, gimana, Ri? Gue ikut sedih dan sakit ketika lu harus berpura-pura senyum disaat lu mengira semuanya hilang. Pikiran lu menjebak lu, Ri. Sekarang, waktunya sahabat gue mengetahui kebenarannya. Sekarang, keputusan ada di tangan lu, kabari gue ya."

Perjalanan yang cukup jauh, namun tidak begitu saja membuat rasa lelah muncul. Sesampainya di China, para peserta langsung diarahkan ke hotel untuk melakukan proses pendaftaran ulang. Seluruh peserta hadir dalam suasana yang begitu kompetitif, seluruh peserta juga mengamati kondisi fisik serta karakter lawannya. Hal ini merupakan daya intuisi seseorang dalam beradaptasi terhadap sebuah pola psikologis. Gue yang ingin beristirahat seharian di hotel untuk menenangkan pikiran, berendam air hangat, dan menenangkan jiwa.

Sesampainya gue di hotel tersebut masih belum mendapatkan panggilan masuk dari Amri ataupun ayah maupun Dira. Sepertinya, semua baik-baik saja. "Kayaknya mereka lupa kalau gue tidak disana, hahaha..." kata gue dalam hati sambil bersantai.

"Bos! Saya diinformasikan besok untuk peserta datang ke salah satu perusahaan produksi mobil milik Mr. Zong Hau. Beliau adalah salah satu teman bisnis Mr. Mandra, apakah perlu saya informasikan ke Mr. Zong Hau?" tanya Pak Karo dari luar pintu kamar hotel. Pak Karo merupakan salah satu pengawal pribadi gue.

"Tidak usah, pak. Kita akan bermain secara fair, pastikan tidak ada yang mengetahui identitas saya sebagai anak Mr. Mandra." sahut gue.

Dalam kompetisi ini, gue mengharapkan mendapatkan pembelajaran terkait inovasi bisnis secara murni, ditambah identitas gue juga sangat penting untuk tidak diketahui agar keamanan gue terjaga selama mengikuti olimpiade ini. Istirahat seharian membuat tubuh gue kembali dalam keadaan normal, bersantai-santai bukanlah waktu yang tepat, gue memutuskan untuk pergi ke salah satu tempat makan milik G-1. Tempat yang gue tempati juga adalah milik G-1, hanya saja sebelum keberangkatan gue ini meminta untuk tidak memberitahukan kepada para staf ataupun pimpinan di China. Pengawalan cukup dengan Pak Karo, ia memiliki tubuh lebih besar dari ayah, tentunya Pak Karo bagian dari keluarga kami di Indonesia. Pak Karo memiliki kecerdasan dan intuisi yang telah terlatih secara militer dalam beberapa tahun, semenjak kepergian Kak Fahrel, Pak Karo juga terlibat aktif membantu mencari tahu kejadian sebenarnya. Sampai waktunya tiba, Pak Karo akan bergerak membantu tinggal menunggu informasi dari ayah.

Olimpiade berlangsung dengan sengit, poin seluruh peserta hanya memiliki selisih satu atau dua poin dari peserta di atasnya. Gue menempati urutan kedua, urutan pertama diraih oleh Jeon Geda dari Korea Selatan. Poin yang kami dapatkan sama hanya diurutkan berdasarkan abjad Geda setelah itu Gema, keputusan ini diambil oleh panitia, dan gue menerimanya. Salah satu pertanyaan akhir yang menarik adalah terkait dengan pengambaran, "Inovasi bisnis dalam pemanfaatan kecerdasan buatan berdampak cukup besar dari segala lini bisnis, proses yang begitu cepat membuat inovasi ini memiliki daya tarik penjualan bagi para pebisnis global. Bisakah anda mengakar ke salah satu bisnis dan memberikan pengambarannya?" tanya salah satu dewan juri kepada empat peserta dalam ruangan, jumlah peserta sekitar lima puluh orang dari berbagai negara, dan terbagi ke dalam beberapa kelompok yakni lima kelompok.

"Pertama, *perdagangan Automated Blockchain Based Machine Learning.*" ucap dewan juri kemudian diberikan kesempatan kepada peserta pertama atas nama Zidanne dari Ghana.

"Ini akan memungkinkan lebih banyak strategi untuk perdagangan dan investasi aset kripto dan mainstream yang dapat diotomatisasi dengan penggunaan *blockchain* dan *machine learning.*" ucap Zidanne dengan sempat terjeda beberapa menit dalam menjawab penggambaran dari inovasi bisnis yang dimaksud.

"Ekosistem perdagangan video game berbasis *blockchain.*" ucap dewan juri kemudian diberikan kepada Jeon Geda dari Korea Selatan.

"Ini akan memungkinkan pemain untuk membeli, menjual, dan bertukar aset virtual dari game dengan kontrak dan pembayaran berbasis *blockchain.*" jawab Jeon Geda dengan tegas.

"Perdagangan jasa robot berbasis *blockchain.*" ucap dewan juri kepada gue.

"Ini akan menggunakan *blockchain* untuk menghubungkan pengguna dengan robot dan layanan yang terkait untuk membantu mereka dengan alat, informasi, dan pemecahan masalah yang menguntungkan." jawab gue dengan tanpa keraguan.

"Tokenisasi aset berbasis *blockchain.*" ucap dewan juri kepada Alessandra dari Italia.

"Ini akan melayani pasar alternatif berbasis *blockchain* yang dapat memungkinkan investor untuk memiliki saham dalam aset yang berbeda seperti tanah, kendaraan, dan properti melalui tokenisasi." jawab Alessandra dengan sedikit menghafal materi.

"Perdagangan universal berbasis *voice*." ucap dewan juri kepada Adeeva dari Arab Saudi.

"Ini akan memungkinkan pengguna untuk melakukan transaksi apa pun dengan menggunakan perintah suara dan informasi berbasis *blockchain* untuk memastikan verifikasi dan keamanan transaksi." jawab Adeeva dengan yakin.

Sesi terakhir hanya untuk memberitahukan kepada para peserta bahwa mereka mengetahui gambaran dari inovasi bisnis yang diinformasikan oleh para dewan juri, dan peserta akan diminta untuk merancang prototipe inovasi tersebut dalam waktu sebulan dan mempresentasikannya. Ketentuannya para peserta tidak diperbolehkan menyabotase pekerjaan peserta lainnya. Disamping itu, para dewan juri juga menguji kemahiran gue dengan seketika menyebutkan nama Gema dan memberikan pertanyaan terkait inovasi bisnis yang gue kerjakan, "Kamu mengetahui keunggulan inovasi bisnis yang akan kamu jadikan sebagai prototipe?" tanya salah satu dewan juri yang bertanya saat sesi sudah berakhir dan gue akan segera meninggalkan ruangan bersama Pak Karo.

"Keamanan tingkat tinggi, *blockchain* berbasis robot perdagangan menawarkan tingkat keamanan tertinggi melalui enkripsi ssl yang kuat. ini membuat data investor aman dari ancaman luar. Aset yang lebih beragam, penggunaan *blockchain* memungkinkan robot perdagangan menganalisis aset yang lebih beragam yang termasuk *cryptocurrencies*, mata uang, saham, komoditas, *real estate*, dan lainnya. Transparansi tingkat tinggi karena *blockchain* berbasis robot perdagangan tidak menyimpan data di *server* tunggal, transaksi, dan informasi dapat diakses oleh semua orang yang memiliki akses ke jaringan *blockchain*. Ini membuat proses verifikasi semakin mudah dan transparan. Konfirmasi cepat transaksi, robot berbasis *blockchain* mampu mendeteksi dan mengkonfirmasi transaksi yang dilakukan dengan cepat. Hal ini mempermudah perdagangan yang melibatkan aset berbasis *blockchain*. Peningkatan efisiensi perdagangan, manajemen transaksi dalam *blockchain* meningkatkan kecepatan dan efisiensi perdagangan. Ini memungkinkan investor untuk membuat keputusan perdagangan yang lebih baik dan cepat bergerak." jawab gue dengan tenang dan menatap dewan juri tersebut sedikit tajam.

"Inovasi bisnis ini hampir sama memiliki keunggulan dengan inovasi lainnya, ini tergantung bagaimana seseorang dapat dengan yakin mengeksekusinya sebaik mungkin dengan persentase yang rendah." imbuh gue dan segera meninggalkan tempat acara tersebut dengan begitu sedikit kecewa karena di setiap momen para dewan juri selalu mengintimidasi gue seakan-akan menguji kemampuan gue. Meskipun inovasi ini memiliki kesulitan yang rumit, penelitian gue tentang *blockchain* sudah mumpuni. Kesempatan ini tidak akan gue sia-siakan begitu saja sampai pada final.

Pada tahap pengguguran, kelompok delapan merupakan kelompok yang sangat menarik media lokal hingga internasional. Olimpiade inovasi bisnis berhasil menarik perhatian banyak kalangan dengan adanya ini, kehadiran gue di Olimpiade mampu menjadi batu loncatan untuk lebih dikenal dalam bidang inovasi bisnis. Sampai akhirnya, seleksi telah berlangsung hingga babak sepuluh besar, para peserta sudah menyelesaikan prototipe dan uji coba, hanya peserta yang mencapai tujuh puluh lima persen dari hasil uji coba yang berhasil lolos sampai tahap ini, ditambah karena keberhasilannya meyakinkan para dewan juri dalam sebuah sesi pemaparan materi perancangan desain yang dibawakan.

Pada tahap pengguguran juga selain membawakan prototipe sesuai dengan inovasi bisnis yang telah ditanyakan para dewan juri, para peserta juga telah berhasil membawa materi perancangan desain. Dalam sesi ini, gue mengambil desain yang berkaitan dengan robot namun tidak berbentuk fisik melainkan hologram (kumpulan cahaya yang direkonstruksi sebagai sebuah objek dengan realitas yang senjatanya). Hal ini tentu membuat banyaknya perhatian dari media lokal dan internasional.

"*What did you think about in making this business innovation?* (Apa yang kamu pikirkan dalam membuat sebuah inovasi bisnis ini?)" tanya salah satu wartawan sambil berjalan mengikuti gue menuju ke mobil.

"*I didn't think about it but felt that in the future, technology becomes a real reality, not just an inanimate object.* (Aku tidak memikirkan sesuatu hal, aku hanya merasakan bahwa di masa depan teknologi menjadi sebuah realitas nyata bukan benda mati.)" kata gue dan sesegera mungkin untuk meninggalkan tempat acara tersebut.

Prototipe peserta yang telah selesai dibuat dipamerkan selama olimpiade tersebut. Ada banyak inovasi bisnis yang menarik, salah satunya dari Jepang bernama Atsushi, dia memiliki sebuah teknologi bingkai cermin, jika seseorang memasuki cermin tersebut maka seseorang tersebut telah masuk ke dalam rekonstruksi media berupa realitas yang seutuhnya. Atsushi membawa manusia nyata ke dalam dimensi ruang media sedangkan gue membawa ruang media tersebut ke dunia nyata. Atsushi memainkan peran teknologinya dengan detektor sensitive pada bingkai cermin tersebut, namun masih terbatas pada ruang gerak, begitupun dengan robot hologram gue yang masih terbatas dalam ruang gerak namun realitasnya sungguh dapat dirasakan karena penggunanya dipasangkan sensor sensitive pada kulit sehingga ikut merasakan sentuhan.

Perjalanan gue dengan Pak Karo pun berlanjut menuju hotel untuk segera beristirahat. Selama perjalanan hal tidak terduga terjadi yakni gue mendapatkan satu tembakan dari arah belakang mobil, sontak saja membuat kami (Pak Karo dan gue) terkejut sehingga Pak Karo menambah kecepatan mobilnya. Gue langsung sesegera mungkin menelpon staf hotel untuk tidak menuju ke kamar hotel tersebut, melainkan pergi ke vila milik perusahaan G-1 yang berada cukup jauh dari pusat kota.

"Pak, arahkan ke Vila One." ucap gue sambil dalam posisi menelpon Amri.

"Siap, bos!" sahut Pak Karo.

"Ri, pastikan perusahaan G-1, aman terkendali." ucap gue kepada Amri melalui panggilan telepon.

"Aman, bos! Posisi lu sudah gue lacak, langsung menuju Vila One." kata Amri dengan santai.

Suara tembakan pun dilepaskan kepada pengendara motor tersebut kedua kalinya. Pak Karo segera menghentikan mobilnya yang membuat mereka menembak secara membabi buta. Mobil langsung segera merekam penembak dengan menggunakan kamera mobil, Pak Karo kemudian langsung menancapkan gas mobil menuju ke Vila One.

"Dia kira semudah itu, kita kejar dia." kata Pak Karo yang langsung membanting stir mobil menuju ke arah penembak.

"Arah jam tiga, kan ya, Pak Karo?" tanya gue.

"Bener, bos. Mereka cuma berdua. Kalau saya turun dan hajar pun masih bisa, tapi ternyata ada pantauan jarak jauh." kata Pak Karo.

"Manipulasi arah, pak." kata gue.

"Kita balik arah agak jauh sedikit, nanti kita masuk ke pemukiman warga dulu ." kata Pak Karo.

"Siap, sesuai rencana!" kata gue.

"Gue pun memberikan tanda peringatan dengan membuka sedikit jendela mobil dengan menembakkan empat kali ke arah mereka dan nampaknya tanpa sengaja pengendara tersebut terjatuh.

"Wuihh, tembakan yang bagus, Bos!" kata Pak Karo sambil tertawa.

"Hahaha...maaf kalau kena, saya kira meleset." kata gue sambil tertawa dan menutup jendela mobil.

"*Nice shoot!* (Tembakan bagus!)" sahut Pak Karo.

Suara ledakan dari tempat olimpiade pun terdengar di media lokal.

BOOM!

Begitu kerasnya ledakan namun tidak ada korban jiwa membuat berita internasional mempertanyakan keamanan acara olimpiade tersebut kepada pihak penyelenggara. "Siapakah dalangnya, berani sekali anda bermain-main?!" kata gue dalam hati dengan penuh amarah. Dalam perjalanan menuju Vila One.

"Berita ledakan terjadi di tempat olimpiade tadi, Bos!" kata Pak Karo sambil menyetir dan sedikit tertawa kecil.

"Hahaha...sudah kosong!" kata gue dengan rasa jengkel.

"Tenang, Bos! Saya sudah dapatkan pelakunya!" kata Pak Karo.

Suara telepon berbunyi mengirimkan pesan suara, "Amri akan menuju ke China." kata ayah. Amri segera menyiapkan keberangkatannya menggunakan jet pribadi milik ayah dan segera bersiap-siap ke China.

Setelah kejadian ledakan terjadi satu minggu yang lalu, olimpiade tetap berlangsung. Pengumuman peserta yang akan bertanding dalam laga akhir segera diumumkan seminggu kemudian. XET melawan Cloud, XET merupakan robot hologram atau seorang teman yang disediakan di pusat perbelanjaan karya dari Kumara Gema Asana, Cloud merupakan robot cerdas berukuran besar dengan mengecek suasana hati manusia yang disediakan di perpustakaan karya Jeon Geda asal Korea Selatan. Keamanan dijaga begitu ketat bahkan acara final tanpa media dan penonton. Hanya disiarkan secara langsung oleh para kru panitia penyelenggara. Masing-masing dari peserta diminta menunjukkan selebrasi dari masing-masing hasil prototipe.

Tepukan yang meriah dari para panitia kepada peserta final dan seluruh peserta yang menonton begitu terpukau melihat prototipe yang begitu luar biasa dan tidak sabar menunggu hasil akhir dari olimpiade. Setelah diskusi yang cukup panjang, pemenang olimpiade inovasi bisnis diputuskan, "Selamat kepada Kumara Gema Asana!" Akhirnya diputuskan bahwa USA memenangkan kejuaraan ini. Kemenangan ini tidak mudah begitu saja, gue berusaha sebaik mungkin untuk menghasilkan sebuah karya yang luar biasa sepanjang sejarah manusia. Sambutan yang meriah diberikan ke gue hingga kedatangan gue di Chigago.

~ Catatan ~

Mungkin saja langkah yang aku ambil berakhir dengan kegagalan.
Tapi, setiap ketakutan yang terasa dalam jiwa, menunjukkan bahwa aku sedang berjalan di jalan yang benar.
Percayalah langkahmu jika itu sudah benar, minta restu kepada Tuhan.
Niat baik akan selalu mendapatkan restunya.
Jangan biarkan keraguan itu merusak imamMu untuk memohon kepada Tuhan.
Kuasanya besar, tidak ada yang mengalahkannya.
Percayalah, berdoa membuatmu lebih baik.

PEMALSUAN

Chigago, tempat gue bertumbuh sebagai seorang insan yang semakin hari semakin menguat. Tidak pernah menyangka banyaknya peristiwa mengajarkan kita untuk selalu berkomitmen dan berpegang teguh dengan keyakinan diri sendiri. Perusahaan terbesar pertama dan berpengaruh di dunia atau perusahaan G-1 mendapatkan begitu banyak sorotan karena telah mampu menghadirkan tempat pusat perbelanjaan terbesar di dunia.

"Ri, terima kasih sudah banyak membantu gue selama ini." ucap gue dalam posisi rebahan di kamar Amri.

"Santai, Ma. Selamat sekali lagi atas kemenangan lu, hebat bisa berhasil di olimpiade." kata Amri.

"Heh, itu juga karena bantuan lu kok, bukan gue yang berhasil tapi kita." sahut gue.

"Ngomongin masalah perusahaan, gue sudah mendapatkan begitu banyak perkembangan mulai dari sektor vila, hotel, restoran, dan pusat perbelanjaan." kata Amri sambil menyerahkan dokumen terkait dengan laporan perusahaan di departemen konsumen.

"Selamat juga yang sudah berhasil masuk jajaran pelaksana projek pembangunan terbesar di dunia, Ri." sahut gue sambil tersenyum menjahili Amri.

"Hahaha...sudahlah geli gue dengernya kayak bakalan mati saja." sahut Amri yang duduk di meja kerjanya.

"Eh, jangan ngomong gitu, sialan lu, Ri. Jangan aneh-aneh." kata gue dengan sedikit serius.

"Sudah semester lima nih, Ma." kata Amri sambil melemparkan kertas jadwal perkuliahan.

"Ngomong-ngomong selama ini lu gak ada tanya gue perihal Dira mulai dari gue sampai di China sampai gue balik." kata gue dengan penuh curiga.

"Hahaha...sudahlah jangan bahas itu lagi." sahut Amri sambil tersenyum lebar yang sontak membuat gue juga ikut tertawa.

"Bahas nanti sajalah, masih ada hal yang lebih penting, lagian lu juga tanpa diceritain sudah tahu duluan." imbuh Amri sambil menggelengkan kepalanya.

"Hahahaha...bener juga sih. Gue mau ke Mal One dulu kalau gitu, lu mau ikut?" tanya gue dan mengambil jaket kemudian pergi ke Mal One.

"Nanti kita ketemu di G-1 saja, Ma. Kan nanti ayah mau ngajak kita bahas hal penting kan." jawab Amri.

"Okelah, sampai jumpa." kata gue.

Semester lima berlalu begitu saja sampai pada semester enam, gue dan Amri memutuskan untuk mengambil pengabdian di Indonesia. Beberapa halnya masih di Chigago, hanya saja kami beberapa kali memonitoring langsung ke Indonesia. Pengabdian kami lakukan dalam lingkup jurusan kami dan menariknya begitu banyak permasalahan yang kami ingin selesaikan. Batas waktu yang tidak cukup sehingga gue mengambil pengabdian pada distrubusi logistik di daerah pegunungan yang memanfaatkan pesawat tanpa awak begitupun dengan Amri melakukan pengabdian pada akses internet di daerah pegunungan. Kami cukup fokus melakukan ini hingga di bulan pertama pembangunan fasilitas-fasilitas hampir lima posko sedang dibangun. Tenaga dan biaya menjadi fokus utama dengan kapasitas yang dimiliki kami berkomitmen untuk bergerak lebih cepat untuk membantu merealisasikan inovasi ini.

Dalam sebuah kesempatan, gue dan Amri berkumpul dengan kepala desa setempat bersama warga untuk membicarakan hal-hal yang akan menjadi konsentrasi dan fokus kita bersama agar dapat saling membantu merawat fasilitas yang sudah dibangun sehingga dapat bermanfaat bagi warga desa setempat. Dira juga ikut bersama gue dan Amri. Mereka sudah berpacaran.

Perkumpulan dengan warga desa penuh dengan kekeluargaan, Dira berfokus pada sumber daya manusia terhadap literasi teknologi. Anak-anak dan ibu-ibu sangat menyukai Dira, ia sangat piawai dalam menjelaskan pentingnya literasi teknologi sekaligus sesekali mengajarkan kepada para mereka yang tergolong buta huruf. Buta huruf masih ditemui karena faktor pertumbuhan ekonomi. Dira mengambil pengabdian yang begitu menarik, kami berkolaborasi begitu baik sehingga dalam enam bulan semuanya berhasil terlaksana. Gue mengucapkan rasa terima kasih banyak kepada seluruh warga desa atas kebaikannya menerima kami seperti keluarga dan meminta maaf atas kesalahan yang tidak disengaja maupun disengaja.

"Bapak dan ibu. Terima kasih banyak atas kebersamaannya selama ini, Gema harap nanti dapat kembali melihat perubahan-perubahan besar sekaligus melihat adik-adik tumbuh sebagai orang-orang yang hebat." kata gue mengakhiri sambutan. Momen akhir ini cukup memberikan sentuhan rasa haru dan kebahagiaan ditengah-tengah kebersamaan. Dalam lubuk hati gue, "Suatu saat tempat ini akan menjadi cerita bagi mereka untuk semangat membangun desanya menjadi lebih baik, saat ini gue harus kembali mencari segala perjalanan hidup, suatu hari jika ada kesempatan gue bakal kembali ke Desa Demak." begitulah kata hati saat melihat wajah-wajah warga desa yang begitu haru.

"Baik, bapak dan ibu semuanya. Amri dan kawan-kawan, berterima kasih banyak atas kebaikannya, kami memiliki tim yang akan memantau perkembangan fasilitas ini dalam setahun kedepan. Jika ada kesempatan, kami akan kembali untuk melihat perkembangan yang baik dan hebat." kata Amri sambil memegang salah satu anak yang terus memeluk kakinya dan bergelantungan seperti area bermain. Gue yang melihatnya seperti melihat Ana saat bersama Kak Fahrel. Sontak membuat gue tersenyum dan tertawa kecil melihatnya.

"Dira izin pamit dari Desa Demak, bapak dan ibu. Dira mohon maaf jika sudah merepotkan bapak dan ibu." kata Dira yang sontak langsung disahuti oleh para warga yang hadir, "Aaa tidak-tidak, kami yang berterima kasih kepada adik-adik semuanya, kami sudah menganggap kalian sebagai anak-anak kami." Sontak membuat Dira menghampiri ibu yang duduk di depan dan memeluknya sebagai bentuk terima kasihnya.

Kami pun akhirnya berhasil menyelesaikan tugas-tugas dengan baik dan kembali menyusun laporan-laporan tersebut untuk disetorkan kepada pihak kampus sebagai bentuk pertanggungjawaban kami (gue, Amri, dan Dira).

"Ma, ayah telepon tadi buat kita segera ke kantor." kata Amri yang menghampiri gue sambil berlari dari perpustakaan.

"Kenapa, Ri?" tanya gue yang sedang sibuk mengobrol bersama teman-teman di kursi taman.

"Ayolah!" seru Amri yang langsung menarik gue dan mengajak secepatnya untuk ke perusahaan G-1. Sebetulnya hari ini kami semua satu jurusan baru saja mengakhiri ujian semester enam di kampus, dan gue berencana merayakannya bersama teman-teman setelah ujian ini. Rencana itu gagal karena ada hal yang mendesak terjadi.

"Ada apa yah?" tanya gue setibanya di ruangan ayah.

"Tim ayah berhasil menangkap pelaku bom di pabrik produksi namun gagal menyelamatkan nyawanya sehingga kita tidak bisa melakukan interogasi mendalam." kata ayah sambil memalingkan badannya dari arah jendela.

"Bunuh diri, yah?" tanya gue kepada ayah menghampiri ayah.

"Tidak semudah itu seseorang melakukan bunuh diri." sahut ayah sambil duduk di kursi dan menghela nafas yang cukup panjang. Gue langsung duduk memikirkan serius masalah ini, Amri kemudian menceritakan temuan-temuannya selama ini kepada ayah.

"Eits, Ri." kata gue memotong pembicaraan Amri.

"Tenang, Ma. Dokumen kita akhirnya sudah lengkap." kata Amri sambil memperlihatkan tanda tahi lalat yang ada di tangan pelaku sama dengan kejadian penyekapan yang dilihat oleh Ibu Yota saat sebelumnya Kak Fahrel ditemukan meninggal karena narkoba di apartemennya.

"Oh iya, pelakunya sama, Ri. Bukti-buktinya benar, yah. Kematian Kak Fahrel bukan karena narkoba ditambah lagi kejadian saat itu tidaklah dilakukan secara kebetulan dan mendadak. Semuanya sudah direncanakan oleh pelakunya." kata gue dengan sedikit berpikir pelaku utamanya.

"Berarti firasat kita sama, ayah sudah tahu pelaku utamanya. Ia orang yang sama merencanakan penembakan Gema di China tempo lalu. Ayah akan segera melakukan penangkapan hari ini juga." kata ayah sambil memasangkan jas dan menyiapkan alat tembak bersama petugas keamanan. Perusahaan G-1 selama satu minggu diinformasikan akan libur dan tidak beroperasi seluruh pusat perbelanjaan, vila, dan hotel serta tempat-tempat produksi maupun tempat wisata yang dikelola G-1 akan ditutup untuk publik sementara waktu.

"Amri dan Gema. Ikuti arahan dari Bapak Karo." imbuh ayah sambil berlari menuju lobi dan kemudian pergi. Gue dan Amri pun menyusun strategi dan mendengarkan instruksi Pak Karo.

"Ri, jangan lupa jam dan anti pelurunya." kata gue sambil bergegas menuju ke lantai bawah menemui Pak Karo.

"Doa, Ma. Jangan gegabah." kata Amri yang menghentikan sejenak langkah gue.

Gue dan Amri bertemu dengan Pak Karo...

"Kalian saat ini fokus kepada dokumen penting dan kita akan membawanya kepolisian." kata Pak Karo.

"Ma, lu bantu gue amankan data di perusahaan?" kata Amri

"Jangan berpencar." kata Pak Karo.

"Ya sudah gue tarik data dari telepon gue saja, Ri." kata gue.

Dokumen tersebut telah kami (gue dan Amri) duplikat dan yang asli tersimpan di tempat Amri. Awalnya gue ingin mengambil yang asli namun Amri meminta ambil duplikatnya. Penjelasan di kantor kepolisian cukup singkat karena status kematian Kak Fahrel sebelumnya sudah diproses oleh ayah dan saat ini, kepolisian juga sudah membantu ayah dalam penangkapan pelaku. Sampai pada akhirnya, Amri berkata, "Pelaku utamanya bukan ini, Ma!" seru Amri setelah melihat wajah pelaku yang tertempel di tembok informasi kepala kepolisian tersebut.

"Siapa, bos!?" tanya Pak Karo.

"Ayo kita kejar, Ri." kata gue sambil berlari menuju mobil, Pak Karo pun menyusul kami.

"Kita ke perusahaan segera! Pelaku utamanya pasti mau kabur sekarang." kata gue.

"Ma, lu hati-hati." ucap Amri.

"Fokus, Ri." sahut gue.

Setibanya di perusahaan G-1, sontak saja benar-benar mengecewakan pemegang saham perusahaan bernama Bapak Rudolf dan pengawalnya Bapak Degan berupaya untuk kabur dengan membawa bukti-bukti kejahatannya.

"Awas, Ma!" teriak Amri yang segera berlari menabrak gue hingga tersungkur.

BOOM!

"Ri! Lu minggir dulu, gue fokus ngeliatin Pak Rudolf." kata gue sambil mengusap mata yang sedikit terganggu karena serpihan debu dari ledakan motor.

Tembakan pun terjadi, dua kali tembakan dilepaskan oleh Bapak Karo. Gue pun membalas ledakan tersebut dengan beberapa kali tembakan yang langsung mengenai kepala Pak Degan.

"Ma, jangan dibunuh, sialan lu! Sabar, Ma!" teriak Amri dari sebelah kiri.

"Lawan!!!!!" teriak gue yang membabi buta.

Tembakan demi tembakan pun dilepaskan hingga pengejaran dilakukan. Gue membawa mobil membututi Pak Rudolf dengan anak buahnya, sedangkan Amri membututi dari belakang dan sesekali melepaskan tembakan. Pak Karo berfokus menghubungi rumah sakit untuk menyelematkan nyawa pengunjung yang terkena serangan bom dari pelaku.

Tindakan yang membabi buta terus dilakukan, hingga serangan demi serangan hingga ledakan terjadi untuk kedua kalinya. Kepolisian dengan helikopternya memantau dari udara dan memberitahukan posisi pelaku. Berita sudah tersebar, Bapak Rudolf sebagai bandar narkoba terbesar akhirnya terungkap ke publik, demi bisnis gelapnya tidak diketahui oleh siapapun ia telah membunuh dan menghentikan begitu banyak orang-orang di perusahaan G-1. Mafia kelas kakap ini saat ini tidak dapat kabur meskipun terus menghindari kejaran.

Gue hampir saja terkena ledakan yang dipicu oleh bom tangan yang dilemparkan oleh pengawal-pengawal mafia busuk tersebut dari mobil mereka. Amri segera melaju mengejar pelaku diikuti oleh pihak kepolisian. Kekuatan gue lebih besar daripada ketakutan untuk menangkap para mafia-mafia tersebut, "Berani sekali mereka menganggu Kumara Gema Asana!" ucap gue dalam hati. Gue kemudian sengaja menabrakan mobil gue ke salah satu mobil mafia yang ada di depan mobil gue, mobil mafia tersebut sedikit meliuk-liuk, namun masih gagal untuk dihentikan. Tembakan demi tembakan terus dilakukan.

"Gema, lu jangan gegabah! Putar arah mereka mau ke dermaga!" kata Amri melalui HT (radio yang sudah terhubung di masing-masing mobil pengawal ayah). Gue langsung menuju ke arah yang berlawanan sedangkan Amri masih membututi mereka dengan helicopter yang selalu memantau pergerakan mereka jika seandainya melompat dari mobil dan melarikan diri.

Suara helikopter yang menghampiri gue di dekat pelabuhan, mengeluarkan suara tembakan beruntun untuk menghancurkan kapal yang akan digunakan oleh mereka. Gue terlalu fokus untuk mendengarkan instruksi dari ayah, "Gema, ayah sudah mendapatkan pelaku penembakan kamu, kamu dimana sekarang?!" kata ayah melalui HT.

"Dekat pelabuhan tapi sebelah kiri samping restaurant One!" kata gue sambil berteriak agar ayah dapat mendengarkan suara gue karena suara tembakan dan helikopter yang begitu keras.

"Copy, Bos!" kata pengawal ayah yang berarti langsung menuju ke lokasi.

"Amri, lu dimana?" tanya gue melalui HT.

Tidak ada tanggapan...

Akhirnya gue mengambil senapan laras panjang yang ada di bagasi mobil dan berniat menembakkan mafia tersebut. Gue bersiap-siap dan mengambil posisi dan menyiapkan kaca untuk melakukan penembakan. Posisi menembak tepat berada di sebelah kiri kapal yang akan digunakan oleh mafia tersebut.

Suara tembakan yang menggunakan peredam ternyata berhasil membunuh satu mafia meskipun itu pengawalnya setidaknya gue telah menembaki pengawal mafia tersebut. Helikopter tersebut berhasil menghancurkan kapal tersebut dengan melemparkan sebuah bom kecil yang menyebabkan ledakan terjadi. Amri masih belum memberikan respon.

"Amri, lu dimana?" tanya gue kembali melalui HT.

Tembakan tepat di dada sebelah kiri menancap di tubuh gue dan hentakan itu membuat gue seketika merasakan hantaman yang kuat. Suara denging dari telinga dan pandangan yang buram. Tembakan tersebut membuat gue cukup kaget karena dibelakang gue sudah terdapat pengawal mafia tersebut. Gue masih bertahan dari tembakan berikutnya yang langsung masuk ke dalam mobil anti peluru dan menguncinya, namun gue gagal menghidupkan mobil untuk kabur karena kunci mobil yang terjatuh akibat tembakan di dada kiri gue. Akhirnya, gue melihat Amri dan pihak kepolisian menembak jatuh pengawal mafia tersebut. Pendarahan begitu hebat terjadi, gue langsung ditangani di rumah sakit.

Sungguh kejadian menegangkan ini membuat gue tidak sadarkan diri selama beberapa bulan.

~ Catatan ~

Begitu menyenangkan dapat berbuat kebaikan, hanya saja risikonya begitu besar juga.

Apakah seseorang tersebut mampu yakin dan percaya bahwa kebaikan tanpa balasan bukanlah suatu keharusan?

Karena ikhlas memang tinggi, tapi meyakinkan diri berbuat baik tanpa balasan adalah yang tertinggi.

Filosofi, "Hanya memberi tak harap kembali, bagai sang surya menyinari dunia..."

Teguhlah imannya dalam lindungan Tuhan jika iya meyakinkan dirinya demikian.

PRIBADI

Dunia sebagai tempat manusia menjalankan perannya, ada yang mengatakan, "Dunia terlalu kejam untuk diriku" begitupun sebaliknya. Terkadang dendam karena kebenaran kita membuat kita lupa akan kebaikan, membuat kita terjerumus dalam hari-hari yang penuh luka, dan dendam menghilangkan kebahagiaan kita. Ibaratkan api yang membakar sebuah kertas kosong, sangat disayangkan.

Pasca penembakan di pelabuhan tersebut, kondisi gue cukup membuat mereka khawatir, gue masih mendengar ucapan mereka untuk menyemangati gue. "Ma, ma, ma...bangun, ma. Lu bisa, Ma!" kata Amri dengan panik. Kemudian, ibu dan Ana pun datang ke rumah sakit mendampingi gue setelah pasca operasi.

"Gue harus kuat dan bangkit dari kejadian penembakan ini, gue mau mendengar berita mafia tersebut juga mengalami hal yang sama, yakni rasa sakit yang sama." ucap gue dalam hati. Sesekali gue berusaha untuk memberikan tanda kalau gue baik-baik saja dan masih bisa mendengarkan suara mereka. Suara mereka terdengar seperti mendengar suara orang yang mengobrol dari dalam air. Namun, respon tubuh gue belum bisa dirasakan. Gue merasa kecewa karena tidak berhati-hati, keadaan ini membuat gue terus menerus menyalahkan diri gue, apalagi melihat mereka (ayah, ibu, Ana, Amri) merasa khawatir dan panik. Momen ini cukup membuat gue menyalahkan diri sendiri. "Keadaan ini harus segera kembali normal, secepatnya." kata gue dalam hati sekaligus memberikan semangat hidup dan bertahan.

"Gema!" panggil seseorang dari balik pohon yang cukup jauh jaraknya.

"Siapakah itu?" tanya gue dengan nada sedikit berteriak. Gue belum berani menghampirinya karena sinar matahari yang cukup terik.

"Kenapa kamu disini?" tanyanya dan melihatkan dirinya dengan menghampiri gue.

"Hah? Kita dimana ya?" tanya gue sambil melihat sekeliling taman bunga yang begitu indah dan pemandangan yang indah.

"Main gitar yuk?" tanyanya kepada gue sambil memegang tangan gue. Gue mengiyakan dan mengikutinya sampai pada tempat dimana semua pandangan tadi berubah menjadi tempat yang begitu putih.

Sontak saja gue merasakan kehadiran Kak Fahrel disebelah gue.

"Kak Fahrel, Gema kangen sekali kak!" kata gue yang melihat Kak Fahrel dengan begitu tenang dan tersenyum menjawab, "Terima kasih ya, Gema!"

Kak Fahrel langsung memainkan lagunya, dengan lirik yang merupakan lagu untuk gue. Terlihat jelas catatannya,

"Gema dan Ana, kepada merekalah salah satu doaku kepada
adik-adikku.
Menjadi sebuah kisah dan legenda..."

Terdengar samar-samar nyanyiannya. Kemudian, Kak Fahrel bertanya kepada gue, "Gema, kamu lelah?" tanyanya (Kak Fahrel).

"Tidak! Aku tidak lelah sama sekali kak." jawab gue.

"Kakak memberatkan kamu ya?" tanyanya kembali.

"Tidak sama sekali kak! Aku bangga sama Kak Fahrel, sungguh!" jawab gue.

"Kabar ibu dan ayah, gimana?" tanyanya

"Mereka bangga sama kita kak, Gema juga sudah buat Kak Fahrel bangga kan?" tanya gue kepadanya.

"Hahaha...Sangat Gema." katanya sambil tertawa dan tersenyum.

"Kak..." lontar kata sepenggal dari mulut gue.

"Gema, mereka yang telah membunuh Kak Fahrel adalah mereka-mereka yang menjalankan bisnis gelapnya dan mengalirkan dana tersebut ke beberapa bisnis G-1 milik ayah, surat narkoba dan tentang hal buruk itu semua salah, ayah harus percaya merubah semua struktur termasuk membeli saham yang telah dibeli oleh pemegang saham. Kak Fahrel akan bantu kamu untuk menentukan petinggi-petinggi perusahaan yang tepat." katanya.

"Caranya kak?" tanya gue dengan rasa penasaran. Kak Fahrel langsung meletakkan tangannya di dada kiri gue.

"Disini. Hatimu akan terasa ringan dan tidak sama sekali merasa bingung apalagi curiga, Gema." jawabnya. Sontak gue menarik nafas yang cukup panjang mengetahui jawaban tersebut.

"Semua pesan yang masuk ke ayah semuanya bohong, *email* Kak Fahrel sudah diretas, ditambah dokumen-dokumen yang ditemukan Amri berkaitan dengan kasus ini semua adalah hasil manipulasi mereka." imbuhnya sambil berjalan mengajak gue ke sebuah pantai.

"Kak Fahrel, kita dimana?" tanya gue sambil melihat langit dan awan yang begitu cerah dari tepi pantai.

"Kamu masih ingat dengan sahabatmu, Rama?" tanyanya sambil sedikit tertawa kecil dan menoleh ke arah gue.

"Kak Fahrel sudah bertemu dengannya?" tanya gue sambil sedikit kaget dan malu.

"Iya. Lagipula dia selalu bersamamu, Gema. Apakah kamu tidak menyadarinya?" tanyanya kembali.

"Aku tahu tapi aku tidak melihatnya." jawab gue.

"Bukankah cinta seseorang tidak bisa dilihat?" tanyanya kembali sambil sedikit tersenyum dan mengangkat alisnya.

"Hm...dirasakan bukan?" imbuhnya.

"Iya, Kak Fahrel. Tapi, apa katanya?" kata gue dengan sedikit menunduk dan kemudian melihat ke arah Kak Fahrel untuk bertanya dengan sangat penasaran atas jawabannya.

"Banyak hal, seperti apa yang kamu pikirkan. Sama saja, kalian seperti kembar." katanya yang sontak membuat gue sedikit tertawa.

"Kak Gema, selama ini Gema merasakan berjalan dengan penuh kesendirian, Gema merasakan semua seakan-akan tidak ada pintu terbuka, disaat Kak Fahrel pergi begitu saja tanpa bisa Gema melihatnya semuanya terasa, apakah menjadi seorang yang baik harus banyak berkorban?" kata gue yang mencurahkan segala perasaan penuh kesedihan.

"Gema, kebaikan tidak perlu mengorbankan apapun, kejahatanlah yang mengorbankan segalanya. Gema, tidak perlu khawatir segala langkahmu pasti akan menemukan kejayaan. Percayalah, rasa sakitmu itu adalah jalanmu yang dinantikan oleh para mafia itu namun mereka tidak dapatkan meskipun mengulanginya berkali-kali kehidupan yang akan datang." ucapnya sambil mengajakku untuk berjalan-jalan.

"Bilang ke Ana kalau Kak Fahrel sering melihatnya melamun, hibur dia ya Gema. Semua pasti akan baik-baik saja." imbuhnya dan kami pun berpisah begitu saja secara tiba-tiba.

Terdasar semua itu hanyalah mimpi, gue secara tidak sadar mampu merasakan gerakan tangan dan kelopak mata yang dapat gue gerakan perlahan-lahan. Secara tidak jelas mendengar suara samar-samar dari Ana dan ibu begitupun dengan penglihatan yang sedikit buram melihat wajah-wajah mereka.

"Dokter!" teriak ibu memanggil perawat dan memberitahukan kondisi gue yang sudah membaik.

"Gimana, Gema?" tanya ibu sambil memegang erat tangan gue. Saat ini keadaan gue masih belum bisa merespon pertanyaan ibu kecuali menggunakan bahasa tubuh dengan mengengam kembali tangan ibu seolah-olah jawaban baik-baik saja yang ingin gue sampaikan.

Dokter pun memeriksa keadaan gue, hingga pada akhirnya ayah dan Amri pun datang melihat kondisi gue. Semua nampah khawatir dengan keadaan gue saat ini dan jujur gue merasa sedih atas hal itu. Sampai, akhirnya masa pemulihan pun berjalan hanya beberapa minggu, sampai kondisi gue diperbolehkan pulang. Dalam perjalanan gue pulang, gue melihat begitu banyak sekali penjagaan dari pengawal ayah bahkan termasuk Amri menggunakan baju khusus. Pantauan yang gue lihat bahkan di atas dan jendela gedung senjata berlaras panjang selalu mengawasi mobil yang gue gunakan hingga sampai pada apartemen yang gue tempati, ada seseorang yang memantau keadaan gedung, sejujurnya gue merasakan tidak enak melihat tanggungjawab ayah semakin bertambah karena keadaan gue. Namun, satu hal yang menjadi pertanyaan, "Apakah mafia tersebut masih berkeliaran sehingga ayah melakukan penjagaan yang begitu ketat?" begitulah pertanyaan yang timbul dalam hati gue sambil menuju ke kamar gue. Ibu dan Ana juga ikut mengantarkan gue namun di mobil yang berbeda.

Kondisi kesehatan gue pun pulih, ibu dan Ana pun kembali ke Indonesia atas permintaan gue. Kegiatan perkuliahan berlangsung sebagaimana mestinya hingga gue dan Amri pun melanjutkan kembali rutinitas seperti biasanya.

"Ri, keadaan lu baik-baik saja kan?" tanya gue spontan saat akan berangkat ke kampus bersamanya.

"Kondisi lu gimana? Malah tanya gue, aneh lu." kata Amri sambil menoleh keheranan dan bergegas ke kampus.

"Sebentar lagi kita bakal nyusun, sebentar lagi juga bakal *graduation* (kelulusan), tidak terasa." kata gue sambil menghela nafas.

"Masih panjang, projek *GHF* juga harus segera rilis sebelum kita wisuda nih, Ma." kata Amri sambil berjalan menuju lobi.

"Gampang, Tuhan pasti berikan kekuatan untuk kita." sahut gue meyakinkan Amri.

"Bener, Tuhan pasti bantu kita." sahut Amri.

Penuh dengan rasa syukur yang tidak terkira, gue dan Amri akhirnya berhasil menyelesaikan projek *Green House Features* seri pertama sekaligus memperoleh banyak penghargaan dari pemerintah lokal maupun lembaga internasional. Sampailah gue akhirnya diwisuda dengan predikat terbaik satu di Universitas Chigago, hal ini tentu bukanlah pencapaian hanya sekadar apresiasi atas perjalanan proses selama menjalani perkuliahan, pencapaian gue adalah bisa berkumpul bersama keluarga dengan keadaan sehat.

~ Catatan ~

Di hati manusia terdapat terminal yang menghubungkan perasaan mereka dengan seseorang yang menjadi kesatuannya (leluhur).
Di hati manusia juga terdapat benalu keraguan dan ketakutan, begitupun sebaliknya.
Di hati manusia juga merasakan keyakinan dan keteguhannya.
Begitulah cara kesatuan berkomunikasi kepada manusia.
Hanya seseorang yang menggunakan hatinya yang dapat merasakannya.
Itulah kekuatan bagi mereka yang selalu mengandalkan Tuhannya, sangat sulit dimengerti bagi mereka yang sedang jauh dengan kesatuannya (leluhur).

PESTA

Melihat foto kebersamaan gue bersama keluarga, termenung dan masih tidak menyangka, "Apakah ini sebuah mimpi?" begitulah pertanyaan yang terlintas dalam pikiran gue. Sontak gue mencubit tangan gue, ternyata terasa sakit. Mencoba untuk kedua kalinya, ternyata masih sakit. Akhirnya, Amri bertanya, "Ngapain sih lu, Ma?". Gue hanya bisa terdiam karena ternyata ini bukanlah mimpi.

"Hari ini pesta di perusahaan, nanti jangan lupa hadir, bos!" seru Amri mengejek gue.

"Siap, bos, Amri." sahut gue menoleh dengan sinis ke arahnya.

Hari ini gue akan pergi ke pabrik produksi dan beberapa restoran One untuk mengecek operasional. Sekaligus mempersiapkan peresmian restoran baru bernuansa klasik modern. Ditemani beberapa pengawal dari perusahaan G-1. Amri juga sedikit sibuk dengan acara pertunangan yang akan datang bersama dengan Dira.

Restoran One di pinggiran kota Chigago sedikit jauh namun suasananya sangat menarik karena terik matahari yang begitu pas untuk menikmati hidangan hangat bernuansa klasik modern. Gue menikmati segelas minuman segar yang menjadi unggulan di restoran One ini.

"Kalian ambil sesuai selera kalian ya, kita harus pergi ke beberapa titik pabrik produksi nanti, mungkin tidak akan sempat." ucap gue sambil duduk dan memberitahu mereka (pengawal) untuk bersantai. Meskipun mereka menolak karena prosedur tugas mereka yang tidak memperbolehkan hanya saja jika bersama gue hal itu tentu saja dilanggar. Bukan tanpa alasan, hanya sebuah jalan-jalan.

Kami pun menikmati hidangan bersama-sama. Gue juga telah melakukan pengecekan dan menanyakan kendala-kendala yang terjadi.

Sekaligus langsung menelpon pimpinan departemen operasional untuk menindaklanjutinya. Saat ini, gue sudah sebagai pimpinan pelaksana perusahaan atau bisa disebut *CEO* di perusahaan G-1 begitupun dengan Amri sebagai pemegang saham perusahaan terbesar sekaligus dewan penasihat direktur. Keberhasilannya Amri sungguh menginspirasi banyak orang termasuk gue untuk mampu bekerja lebih keras lagi dalam mencapai cita-cita.

"Sampaikan ke Pak Karo, bahan baku harus berkualitas, jangan sampai kendala pengiriman terlalu jauh jika perlu kita buatkan tempat penyimpanan dekat dengan restorannya atau sediakan ruangan yang terstandar." kata gue kepada salah satu pengawal dengan posisi berdiri melihat ke arah pantai.

"Kursi sebaiknya diganti karena ada beberapa pengunjung yang kurang nyaman." imbuh gue.

"Bos! Kursi ini sudah diganti sebelumnya sama Fina (direktur restoran One)." kata pengawal kepada gue.

"Sampaikan ke Fina, alasannya, nanti kita bertemu di perusahaan. Satu lagi, jangan biarkan mereka bekerja terlalu keras, tambahkan seseorang untuk membantu wanita itu." kata gue sambil sedikit menoleh ke arah salah satu pelayan yang terlihat sedikit kelelahan karena dia harus berdiri dan tersenyum dibawah teriknya matahari tanpa adanya pergantian.

"Siap, bos!" sahut pengawal, gue pun beranjak dari tempat itu dan kemudian pergi menuju ke beberapa titik pabrik produksi. Dilanjutkan dengan berbelanja bingkisan untuk Ana.

Perayaan pesta di perusahaan G-1 pun berlangsung, acara yang begitu meriah dihadiri oleh berbagai pengusaha di seluruh dunia. Gue pun bertemu dengan para pejabat lokal maupun para petinggi dari negara Polandia, Irlandia, Korea Selatan, Belanda, Prancis, Skotlandia, Jepang, Australia, Indonesia dan Italia. Kami berbicara cukup panjang lebar perihal bisnis di negara mereka untuk menjalin kerja sama dengan perusahaan yang mereka tawarkan. Perusahaan G-1 menjadi incaran mitra pertama dan terpercaya mereka bahkan mereka tak segan untuk sedikit memaksa berinvestasi dengan perusahaan mereka, bahkan berani menyediakan lahan apabila perusahaan G-1 mau bekerja sama.

"Halo, apa kabar?" tanya gue ke salah satu perempuan yang ada disana.

"Siapakah kamu?" tanyanya.

"Kamu tidak mengenaliku?" tanya gue kembali dalam keadaan keheranan.

"Lantas mengapa kamu disini?" imbuh gue.

"Aku mendapatkan undangan dari Mr. Josh." jawabnya.

"Lantas dengan siapa kamu disini?" tanya gue.

"Aku sendiri dan masih menunggu Mr. Josh." katanya.

"Baiklah, selamat menikmati acara ini." kata gue sambil tersenyum dan beranjak ke tempat Amri berkumpul dengan ayah dan yang lainnya.

"Widih, cakep amat, bos." kata Amri menyapa gue dan memeluk.

Sontak gue tidak menanggapi dan hanya menaikkan sedikit bahu dan sedikit tersenyum mendengarnya.

"Gema, adikmu mencari kamu tadi. Sekarang dia masih menunggu teman-temannya di lobi." kata ayah yang terlihat sangat mesra dengan ibu berpegangan tangan.

"Ibu, ayah. Gema cari Ana terlebih dahulu." kata gue.

Dalam perjalanan menuju lobi gue tidak sengaja kembali berpapasan dengan wanita pelayan di restoran tadi, gue sedikit menolehnya untuk membenarkan, "apakah dia?" mungkin hanya sebuah perasaan. Kemudian gue pun pergi menuju lobi. Teman-teman Ana pun terlebih dahulu masuk ke ruang pesta, gue dan Ana sedikit mengobrol sebentar di lobi.

"Ana, ini hadiah untukmu." kata gue sambil menyerahkan sebuah hadiah.

"Iiiih, kenapa sih kak. Ana tidak mau merepotkan Kak Gema." sahut Ana.

"Tidak apa, anggap saja pemberian dari kakakmu sebagai pengganti Kak Gema tidak bisa ikut menonton kamu di konser kemarin." kata gue dengan sedikit bersalah.

"Tidak usah dipikirkan, kak. Ana kan sudah sama ibu, lagian masih ada konser terakhir kan. Datang ya." kata Ana sambil merangkul gue dan mengajak untuk segera bergabung ke pesta dengan yang lain.

"Gimana perasaanmu diatas panggung?" tanya gue sambil melempar tawa.

"Hm...sedikit menegangkan sih, cuma itu wajar kan, kata Kak Gema kan: Manusia wajar merasakan rasa takut maka karena itulah ia berproses. Begitu kan kak? hehehe..." kata Ana sambil tertawa meledek gue dengan meniru gaya yang sedang menceramahinya ketika cemas, sontak gue tertawa melihat tingkahnya.

Kami pun berkumpul di ruangan yang begitu mewah, hidangan yang begitu nikmat. Suasana klasik dan modern pun gue rancang dengan dekorasi hanya khusus untuk para tamu istimewa, harganya pun fantastis hingga mencapai miliaran rupiah. Kami menikmati suasana jamuan makan malam penuh dengan nuansa klasik dan modern, semua orang mengapresiasi perayaan pesta ini.

Ditengah menunggu hidangan penutup, Ana tampil memukau para tamu dengan memainkan piano yang begitu indah. Tepukan penonton dan apresiasi penonton menambah kemewahan acara. Sekaligus, Amri mengambil kesempatan ini untuk mengumumkan dirinya akan segera bertunangan dengan Dira, semua undangan yang hadir memberikan sambutan yang meriah, sekaligus memberikan mereka selamat atas kebahagiaan mereka berdua.

"Selamat Ana. Penampilanmu, bakatmu, dan karismamu sungguh menganggumkan." ucap gue serta memberikan pelukan hangat kepada Ana.

"Selamat untuk Amri dan Dira. Semoga berbahagia." kata gue sambil memeluk mereka penuh kebahagiaan.

"Ma, bahagia, ma. Jangan buat gue ikutan sedih, hahaha..." ucap Amri sambil menahan air mata dibarengi tertawa. Begitupun dengan Dira.

Gue dan Ana pun menyempatkan berbincang-bincang perihal konser yang akan dilaksanakannya. Mulai dari persiapan tempat hingga dirinya. "Ana, pokoknya, Kak Gema harus lihat Ana lebih hebat dari Rama sama Kak Fahrel ya." ucap gue sambil merangkul Ana, ditengah-tengah gue dan Ana melihat para keluarga memberikan selamat kepada Amri dan Dira.

"Hehehe...siap kak, eh kak, Ana punya permintaan buat Kak Gema, bolehkah?" tanya Ana secara spontan.

"Boleh dong, apakah itu?" tanya gue yang begitu penasaran menantikan jawaban Ana.

"Kak Gema, main gitar sama Ana di sesi akhir konsernya, Ana. Mau ya kak?" tanya Ana dengan serius.

"Hahaha... ayo!" kata gue dengan semangat. Dipikir-pikir sebenarnya gue cukup menolak ajakan untuk bermain musik karena harus fokus dengan beberapa pekerjaan. Tapi, kali ini berbeda. Ana pun sangat senang mendengarnya.

"Nanti, Ana yang carikan bajunya, hehehe..." kata Ana.

"Kalian jaga kesehatan, jangan mikirin ini itu, nanti ayah dan ibu yang urus semuanya, Gema tugasnya ayah sama ibu yang ambil alih." sahut ayah yang mendengar percakapan gue dan Ana. Sontak gue tertawa mendengar respon ayah dan ibu. Begitupun dengan Ana yang sangat antusias menunggu konser Ana yang kedua.

~ Catatan ~

Ruang nyawa, tempat manusia merasakan hidup dan mati.
Hidup sebagai manusia dan mati sebagai manusia.
Ada manusia nyawanya hidup tapi raganya mati, begitupun sebaliknya.
Ruang nyawa tentang manusia yang mampu mengerti arti sebuah kehidupan dan kematian.

Tubuhnya sebagai semesta, ia harus menjelajahinya hingga kesempatan itu berakhir.
Kesempatan akhir manusia dalam ruang nyawa adalah detik-detik kematiannya.

MENONTON

Persiapan Ana untuk konser dan Amri sibuk dengan pertunangannya, sungguh dua orang yang sedang berbahagia disaat bersamaan. Momen saat ini sempat menjadi bahan kesengajaan oleh mereka berdua, disaat gue bersama Ana tiba-tiba Amri yang marah-marah di telepon karena tidak hadir membantunya, begitupun sebaliknya. Tentunya membuat gue geleng-geleng kepala. Mengatur agar keduanya mau mengalah untuk mempersiapkan diri membuat gue sedikit tersenyum kecil karena mereka seperti adik kakak yang merebut waktu gue.

"Loh, Ma. Lu dimana? Gue perlu bantuan lu nih, buruan sini gih." kata Amri dari telepon dan mematikannya begitu saja, padahal gue masih di tempat persiapan konsernya Ana. Melihat Ana yang masih belum datang, gue pun menyempatkan waktu sebentar untuk mampir ke tempat rencana Amri melangsungkan pertunangannya dengan Dira.

Sesampainnya disana, Ana menelpon, "Kak Gema dimana? Bantuin Ana untuk susunan acaranya kak." kata Ana tanpa basa basi dan langsung mematikan telepon. Gue pun segera menuju ke lokasi karena melihat situasi Amri yang sudah cukup kondusif.

Persiapan mereka sekitar tujuh hari. Sampai di kantor, gue bertemu ayah dengan kondisi berkeringat dan kelelahan. "Gema hahaha... kamu kenapa, Gema?" kata Ayah meledek gue dengan terus menerus tertawa.

"Mereka berdua, yah, pusing Gema. Gema menghilang dulu lah kalau begitu." kata gue yang sedikit terengah-engah.

"Persiapan mereka sudah siap, konser Ana akan berlangsung besok. Kamu sudah siap ikut tampil dengan Ana?" tanya ayah yang merangkul gue dan mengajak untuk keruangan ayah.

"Sudah yah, Gema sudah siap untuk itu, apakah tidak ada alat untuk membagi diri ya, yah?" tanya gue dengan lesu.

"Hahaha...dasar kamu. Istirahat dulu disini, mau bahas pembangunan restoran?" tanya ayah yang meledek gue sambil tertawa, sontak tangan gue memberikan bahasa tubuh penolakan karena tubuh gue yang lelah harus bolak balik ke tempat mereka berdua.

"Yah, proses peresmian di restoran One yang ada di pinggiran kota kan setelah konsernya Ana. Nanti pastikan keamananya juga ya yah. Gema minta tolong itu ya, yah." kata gue yang langsung teringat akan hal itu.

"Hahaha...sudah siap." kata ayah dengan singkat sambil menuangkan segelas minuman.

Akhirnya dalam persiapan konser hingga pertunangan Amri sudah selesai. Konser Ana akan dimulai besok, proses gladi pun sudah gue lakukan bersamanya, gue juga merasakan sedikit ketegangan karena akan satu panggung bersama Ana di sesi terakhir.

Konser dimulai, Ana tampil dengan balutan busana yang sangat cantik dan indah. Ia menyambut tamu yang datang bersama gue. Kedatangan tamu memberikan ucapan selamat kepada kami berdua dan khususnya Ana. Konser kedua Ana dengan orchestra yang begitu klasik dan modern, Ana mempersiapkan dirinya setelah tamu VVIP sudah hadir dan duduk di kursi.

"Ana, sukses ya. Tarik nafas, berdoa dulu." kata gue mengenggam tangan Ana ketika mendengar suara musik konser dimainkan dan Ana akan masuk memainkan lagu pertamanya. Gue yang berada di belakang panggung telah berdoa bersama para kru agar konser ini berhasil pun dibuat tegang menyaksikan begitu mewahnya konser Ana dari layar.

Ana pun memulai penampilannya dan disambut dengan tepuk tangan penonton yang begitu antusias. Satu hal yang gue pikirkan saat melihat dari layar belakang panggung, "Ana cantik sekali ya." seru gue kepada para kru yang ada disebelah gue, mereka juga ikut menyaksikan kemegahan panggung.

Tidak terasa Ana memainkan instrumental solo yang begitu apik disorot terangnya cahaya panggung, tentu hal ini membuat perasaan merinding. Akhirnya, gue pun tampil di sesi akhir. Membawakan lagu yang dinyanyikan oleh Rama (sahabat gue), kami tampil dengan diiringi orchestra.

Suara yang tiba-tiba hening...

"Ooohh~ *happy with you...~* (senang bersamamu)" begitulah kata terakhir yang kami nyanyikan dan sambutan tepuk tangan penonton yang luar biasa meriah mengakhiri perjumpaan konser Ana yang luar biasa.

Ana menerima begitu banyak bunga dan kasih dari para penonton, begitupun gue yang sangat bangga melihat Ana dan tersenyum melihat Ana mengungkapkan perasaan bahagianya di atas panggung, mengucapkan terima kasih kepada ibu, ayah, dan para undangan yang hadir saat konser keduanya yang begitu mewah.

"Terima kasih sudah menjadi bagian dari cerita hidupku, aku senang bisa berjumpa dengan kalian, terima kasih ibu, ayah, Kak Gema, Kak Fahrel, Kak Amri, dan semuanya... Sampai jumpa dalam kisah yang baru..." kata Ana sebelum menutup konsernya dan berakhir dengan dimatikannya semua lampu dan diputarkan cuplikan Ana bernyanyi bersama Kak Fahrel waktu kecil yang sontak membuat gue menangis sejadi-jadinya dibelakang panggung dan memeluk Ana. Ditambah Ana memberikan kejutan yang tidak terduga ketika seorang wartawan bertanya kepadanya, "Siapakah yang menginspirasimu dalam bermusik?" video konser Rama dengan puisinya terputar kembali yang membuat gue lemas dan gemetaran. Ana menguatkan gue untuk bangkit, ia pun turut menangis, namun gue berusaha untuk menahannya karena hari ini adalah konser Ana yang luar biasa. Kami pun beranjak menemui semua undangan dan ibunya Rama pun hadir saat itu, ia berterima kasih kepada gue dan Ana yang telah memberikannya ruang untuk menjadi keluarga ditengah-tengah kebahagiaan yang tidak akan dia lupakan. "Terima kasih semuanya."

begitulah ucapan Ana ketika bertemu dengan para undangan saat pamit untuk pulang.

~ Catatan ~

Teruntuk mereka yang masih berjuang hingga detik ini terhadap mimpi yang selalu kalian khawatirkan, aku disini ingin menyampaikan bahwa semuanya akan baik-baik saja.

Lelah dan rasa putus asa adalah ruang nyawa kehidupan yang sedang kamu rasakan.

Kamu berada di jalan yang benar.

Kita berjuang, ceritakan mimpimu bagikan kepada kesatuan (leluhur) melalui hati.

Ia pasti akan membantumu.

LEDAKAN

Hari ini peresmian salah satu restoran One yang ada di pinggiran kota Chigago dekat dengan pantai, gue meresmikan pembaharuan baru dari restoran ini setelah melakukan uji coba pertama. Pelanggan yang hadir datang dari berbagai belahan dunia, para media juga hadir untuk meliput acara peresmian ini, dan para petinggi perusahaan juga turut hadir.

Ayah memberikan sambutannya untuk membuka acara, begitupun dengan gue. Amri pun turut hadir dikursi undangan. Acara hari ini mendapatkan antusiasme yang begitu luar bisa oleh mereka yang menyukai suasana restoran One ini. Undangan disajikan menu special dari restoran One dan banyak juga yang memberikan masukan positif untuk hidangan yang disediakan begitupun juga dengan makanan ringan yang disediakan untuk sekadar menikmati suasana pantai di pagi hari atau siang hari.

Suasana di pagi hari yang begitu cerah sungguh membuat semua orang terpukau dengan suguhan pemandangan dan hidangan yang sama-sama memiliki kesatuan yang serupa. Namun, tidak berselangan beberapa lama, ledakan terjadi.

Suasana yang awalnya ceria dan penuh kebahagiaan berubah menjadi suara yang berdenging di telinga semua orang. Semua orang tampak kaget dengan suara ledakan yang begitu keras tersebut, ada seseorang yang tertembak di pantai. Pengawal segera membawa undangan untuk menjauh dari lokasi restoran, begitupun dengan seluruh pasukan yang akan segera tiba. Posisi gue masih dalam keadaan terpental dan terbaring di lantai cukup jauh. Posisi gue yang cukup dekat dengan restoran sebelahnya karena sumber ledakan terjadi dari restoran sebelahnya yang menghantam dan menghancurkan bangunan yang ada disekitarnya. Amri dan ayah yang berada diluar segera berlari mencari gue yang ada di dalam.

Ayah berusaha mencari tahu sumber ledakan dengan pengawalnya serta mencari pelaku penembakan disekitar pantai. Gue pun membunyikan tombol SOS dari jam yang gue gunakan. Jam ayah dan Amri pun ikut berbunyi, menandakan gue perlu pertolongan. Telinga gue masih belum dapat mendengar cukup jelas hanya saja, gue melihat secara kasat mata ayah dan lainnya sedang terjadi baku tembak di luar.

Titik penembak diketahui oleh Pak Karo dan kemudian mencari pelaku penembakan agar mengetahui peristiwa ini ada kaitannya dengan ledakan yang terjadi. "Semuanya lakukan pernyegapan, harus sampai ketemu!" seru Pak Karo untuk mencari pelaku hingga sampai dapat.

Gue langsung dilarikan ke rumah sakit terdekat dan mendapatkan penanganan, "Ma, lu denger gue kan?!" teriak Amri saat mengantarkan gue menuju ambulance. Amri masih ikut membantu menyelamatkan beberapa orang termasuk membantu ayah dalam pengejaran pelaku. Ana dan Dira berada dalam satu ambulance bersama gue, mereka dalam keadaan selamat hanya baju mereka sedikit terkena darah karena membantu mengangkat gue.

Ingatan gue menghilang setelah gue berada dalam ambulance. "Sialan! Gue harus kuat." kata gue dalam hati berseru atas nama Tuhan untuk dapat bangkit dan menguatkan diri gue. Kesadaran gue menurun.

Tembakan masih terjadi dalam beberapa jam hingga kepolisian datang membantu. Para mafia tersebut ternyata berada di sebuah gedung yang dekat dengan restoran One, Pengejaran terjadi hingga memasuki pemukiman warga setempat.

"Tangkap! Jangan sampai ada yang lolos, apapun yang terjadi harus sampai ketemu!" seru ayah yang sangat marah dan menembak para mafia yang tertangkap secara sadis dan membabi buta karena kejahatan mereka membuat begitu banyak kesedihan.

Amri memimpin dengan pasukannya mengepun gedung tersebut, namun sangat disayangkan para mafia tersebut sangat lihai dalam mengatur strategi.

Satu tembakan terjadi di tangga, hingga membuat Amri dan Pak Karo terpental jatuh dari anak tangga. Mereka terkena tembakan oleh para mafia yang ketakutan karena sudah terpojokan, ayah yang mengetahui tersebut segera menuju lantai atas dan segera menangkap mereka. Tiga orang mafia yang terkepung, gagal melarikan diri, dan sisanya masih ada lima orang yang sedang dikejar kepolisian, dua sudah tertembak oleh ayah.

Pengawal langsung membawa mereka yang tertangkap untuk diintrogasi. Mereka yang tertangkap akhirnya mengakui bahwa perusahaan G-1 telah menyebabkan kematian bos mereka yaitu Mr. Rudolf. Mereka menuntut balas dendam atas kematiannya, sampai akhirnya ayah tidak mengeksekusi mereka melainkan menjadikan sandera untuk sementara waktu, sampai mengakui tidak ada lagi mafia yang tersisa.

Kondisi gue yang terbaring di rumah sakit cukup menyedihkan, ibu yang mengetahui kejadian tersebut segera membantu gue agar mendapatkan perawatan yang tepat. Kepolisian sudah berhasil menangkap semua pelaku yang berusaha kabur dan segera dibawa ke kantor polisi.

Mereka akan disidang setelah peristiwa ini, ayah dan pengawalnya membantu mengevakuasi para pengunjung pantai dan para korban yang selamat untuk segera dilarikan ke rumah sakit.

~ Catatan ~

Kematian adalah ruang nyawa, kehidupan adalah ruang nyawa. Ketika manusia dihadapkan oleh kematian, semua pikiran-perkataan-perbuatan mereka tertuju kepada sebuah penyesalan yang

selama ini tidak terungkapkan ataupun kesedihan yang tidak tergambarkan.
Jika manusia mengalami ketakutan ini setiap saat, maka kejahatan tidaklah akan ada.
Namun, ruang nyawa juga dipenuhi oleh kehidupan yakni ingin mencoba dan rasa ingin tahu.
Disanalah letak seseorang harus mengetahui kebenaran, apakah itu baik atau tidak.
Lingkungan mungkin saja memengaruhi psikologisnya tapi tidak dengan kebenarannya.
Mungkinkah seseorang berbeda dari lingkungannya?
Mungkinkah seseorang mau menuju rasa penyesalan?

DUKA

Kejadian mengerikan dan tidak terduga terjadi saat peresmian restoran One, sungguh rasa yang sangat menyedihkan dan kehampaan begitulah yang gue rasakan. Rencana begitu luar biasa dihancurkan oleh ketidaksukaan seseorang menghancurkan hingga menghilangkan nyawa seseorang hanya demi kepuasannya melihat seseorang terjatuh. "Kegagalan peresmian restoran One menjadi titik balik perusahaan G-1 untuk mengembangkan kembali skala bisnisnya semakin kuat kedepannya ditengah-tengah berbagai guncangan yang terus menerus menyerang perusahaan G-1." begitulah keterangan juru bicara perusahaan G-1 yang sedang diwawancarai oleh para wartawan untuk dimintai keterangan.

Posisi gue masih dalam keadaan tidak sadarkan diri, gue mengalami sedikit benturan di kepala yang membuat gue harus sedikit berjuang melawan untuk bisa membuka mata kembali. Ditengah-tengah keadaan gue sedang tidak sadarkan diri. Pihak kepolisian sedang melakukan proses pemercepatan sidang untuk melakukan vonis hukum terhadap pelaku. Ayah dan tim investigasinya tidak melewatkan satu perkara, ia bahkan menjerat begitu banyak pasal dalam persiapan sidang ini.

"Saya tidak mau tahu, kita gugat dengan pasal berlapis dan terberat." kata ayah kepada kuasa hukum perusahaan G-1.

"Siap, kita lakukan yang terbaik." sahut kuasa hukum.

"Bos, korban meninggal sebanyak lima orang dan korban luka-luka sebanyak lima belas orang, saat ini masih dalam tahap penanganan." kata pengawal ayah.

"Lakukan semaksimal mungkin, perusahaan G-1 akan membantu para korban, apabila ada asuransi kita usahakan konsultasi dengan pihak keluarga untuk mengambil tindak lanjutan." kata ayah dengan sangat tegas.

"Bos! hari ini kita akan melakukan pemakaman bagi para korban yang meninggal." kata pengawal ayah.

"Siapkan, apakah para korban sudah diketahui identitasnya dan keluarganya mengetahui?" tanya ayah kepada pengawalnya sambil melihat informasi di media televisi.

"Sudah semua kami hubungi dan para keluarga juga mengucapkan terima kasih telah membantu penanganan korban." jawab pengawal ayah.

"Ini kenapa para media tidak menghormati keluarga korban?" tanya ayah sambil memperlihatkan para wartawan yang sedang berusaha bertanya kondisi dari keluarga korban di rumah sakit.

"Minta bantuan kepolisian untuk menjauhkan media dari keluarga korban. Ini tidak boleh begitu saja dibiarkan, kasihan mereka sedang berduka." kata ayah yang sontak pengawal mengambil telepon untuk menghubungi pihak kepolisian untuk segera ke rumah sakit, tempat para korban akan diberangkatkan menuju tempat pemakaman.

"Gema bagaimana kondisinya?" tanya ayah sambil berlari menuju lobi perusahaan dan bergegas menuju pemakaman untuk menemui keluarga korban.

Tidak ada jawaban dari pengawal ayah karena saat itu kondisi rumah sakit sedang penuh dan sangat panik. Ayah masih fokus membantu para keluarga korban yang meninggal untuk menenangkan diri. Ibu masih sibuk mengurusi gue, dan Ana yang selalu berada disisi gue.

Setibanya ayah dalam pemakaman, para keluarga korban banyak yang menghampiri untuk menyampaikan terima kasih. Namun, ayah meminta maaf atas keterlambatannya tiba di lokasi, dan menjamin segala biaya seluruh para korban. "Pak Mandra, terima kasih banyak, pak." ucap salah satu keluarga korban yang berasal dari Indonesia.

"Apakah tidak mau dibawa ke Indonesia? Kami akan tanggung biayanya, jika berkenan." tanya ayah yang kaget ternyata ada saudaranya yang dari Indonesia menjadi korban.

"Tidak, pak. Kami menyesuaikan dengan prosedur yang telah ditentukan, para keluarga juga telah datang kemari untuk menemui." sahut keluarga korban.

Acara pemakaman berlangsung, suasana duka menyelimuti hari ini, awan mendung sedikit menyelimuti langit disekitar lokasi pemakaman. Proses pemakaman dilakukan begitu cepat karena proses administrasi, persetujuan keluarga korban, petugas medis, dan biaya sangat tanggap. Seluruh proses sudah ditangani perusahaan G-1. Korban luka-luka yang dikabarkan lima belas orang bertambah menjadi dua puluh orang. Lima diantaranya yang baru adalah dari pihak kepolisian.

Pemakaman usai, para keluarga korban diminta menenangkan diri dan tetap waspada. Seluruh keluarga korban menangis melihat keluarga mereka menjadi korban dari ulah para mafia tersebut. Para mafia tersebut masih diinterogasi dan mengakui perbuatannya sampai tidak ada lagi pelaku utamanya.

Pengawal ayah memberikan informasi bahwa Amri terkena tembakan saat ini dalam proses operasi. Kondisi ayah sebenarnya tidak baik, hanya saja ayah melakukan begitu professional agar tidak ada satupun yang mengalami nasib yang sama seperti kehilangan Kak Fahrel, ia tidak berdaya. Sekarang ayah menguatkan dirinya untuk tetap mawas diri dan fokus terhadap korban-korban kejahatan agar dapat membantu mereka. Pengawal juga sangat sigap dalam memberikan respon dan tindakan.

Amri yang sedang dioperasi untuk mengangkat peluru ditubuhnya sedang menunggu informasi lebih lanjut dari tenaga medis. Dira menunggu, begitupun ibu dan ayah Amri yang sedang dalam perjalanan menuju Chigago dari Poland. Keluarga Amri juga sedang fokus menjalin kerja sama bisnis di Poland, mendengar terjadinya peristiwa ini, ibu Amri segera berangkat lebih dahulu, dan ayahnya akan segera menyusul menemuinya. Ayah menenangkan mereka karena sudah ditangani, setiap menit pengawal ayah memberikan informasi kepada keluarga Amri.

~ Catatan ~

Benarkah setelah badai pelangi yang indah akan terlihat, sinar matahari menghangatkan, dan langit menjadi indah?
Benarkah untuk mengetahui kebahagiaan harus mengalami rasa duka?
Benarkah jika seseorang yang sukses melewati rintangan yang begitu berat?
Benarkah seseorang yang mempertaruhkan hidupnya adalah orang yang sukses?
Benarkah penghianatan, kehilangan, kesedihan, dan ketidakberdayaan menjadikan kita kuat?
Mengapa harus bertemu dengan badai dan hujan yang lebat pelangi baru terlihat, bisakah ia terlihat tanpa badai?
Mengapa harus merasakan sedih dulu jika senang bisa dirasakan lebih dulu?
Mengapa harus orang sukses yang mendapatkan rintangan bukannya penjahat, pembunuh, pemerkosa, ataupun perampok?
Mengapa hidup harus mengorbankan sesuatu?
Mengapa manusia menyakiti orang lain jika ia tahu menyakiti diri sendiri saja sudah sakit?

KASUS

Peristiwa ledakan dan penembakan oleh para mafia masih dalam status pemeriksaan. Pengadilan kemudian siding untuk para terduga pelaku ledakan dan penembakan. Motif para mafia adalah terbunuhnya bos mafia Mr. Rudolf dalam penangkapan yang dilakukan oleh pihak kepolisian. Kuasa hukum ayah juga mengajukan pemulihan nama bai katas Fahrel Deson Perdana yang telah dituduh menggunakan narkoba dan merekayasa pembunuhan serta rekam medis oleh para mafia tersebut.

Sidang pertama dilakukan untuk memutuskan para terduga bersalah atau tidak, dalam siding pertama banyak para keluarga korban berteriak untuk para mafia tersebut, "Hukum mati!!!" begitu lantang dan keras serta penuh dengan kemarahan. Para rekan media juga meliput banyak momen kesedihan dan kemarahan kepada para terduga pelaku.

Hakim pun mengetok palu dan memulai persidangan, para saksi dihadirkan. Semua mendengar bacaan vonis hukum oleh jaksa. Ayah juga hadir dalam persidangan. Semuanya menyimak dengan seksama, padahal dalam hati mereka hanya ingin berkata, "Cepatlah, saya ingin melihat hukuman yang setimpal!", "Aku terlalu muak melihat wajahnya!", "Aku tidak kuat hanya berdiam diri melihat pelaku didepan mataku.", "Bisakah aku berlari dan memukulinya saja, satu kali saja dengan pukulan keras." sungguh ucapan hati mereka menggema berulang kali meyakinkan diri mereka untuk bersikap tenang ditengah persidangan dan bersabar menunggu putusan dakwaan hingga dikatakan bersalah.

Semua saksi-saksi memberikan keterangannya yang memberatkan para pelaku, "Yang mulia, saya melihat arah jam 1 posisi mereka terlihat jelas dalam pandangan saya, sehingga kami mencoba mengejar para mafia tersebut. Posisi saya saat itu sedang berada tepat di Restoran One, namun sebelum terjadi ledakan posisi saya berada di sekitar pantai jadi sedikit jauh dari sumber ledakan yang berada di Restoran Pazji." kata saksi a yang juga melihat senjata laras panjang.

"Saya tidak tahu, apakah ini kesalahan mereka sendiri sehingga dapat terlihat oleh saya, ia membawa begitu banyak senjata laras panjang bahkan saat saya ikut menggeledah dalam pengejaran, semua bukti ada disana, dan kepolisian juga langsung mengamankan barang bukti tersebut." kata saksi b yang sedikit terheran melihat kelakuan mafia yang bodoh, "Inilah kuasa Tuhan, Yang Mulia Hakim, mereka ditampakkan begitu saja karena ulah kebodohan dan kejahatan mereka sendiri." imbuh saksi b didalam persidangan.

Jaksa kemudian membacakan tuntutan kepada para mafia tersebut dengan hukuman mati. Hakim mengetok palu persidangan dan menunda persidangan besok pagi untuk mendengar nota pembelaan dari terduga pelaku.

Para keluarga korban yang tidak tahan atas kejahatannya hanya bisa berteriak histeris dan menangis melihat para mafia tersebut berjalan, "Sungguh aku muak masih bisa melihatnya berjalan didepan mataku!", "Dia duduk terlalu nyaman hari ini!", "Bukankah dia harusnya sudah di Neraka!", semua melontarkan kekesalannya kepada para mafia tersebut. Semua proses persidangan pertama diliput oleh para awak media.

Sidang kedua akan berlangsung mendengarkan nota pembelaan para mafia, semua keluarga korban tidak semuanya diizinkan masuk terlebih karena dari sebelum persidangan dimulai semuanya sudah histeris agar proses persidangan segera diputuskan. Para keluarga korban juga ada beberapa yang ikut hadir di dalam sebagai perwakilan, ayah juga selalu hadir dalam persidangan untuk mengawal jalannya persidangan, para awak media juga meliput suasana yang terjadi didalam persidangan maupun diluar persidangan. "Tok! Sidang kedua dimulai." begitulah kata Yang Mulia Hakim.

Dalam kasus ini juga jaksa dan kuasa hukum banyak menyanggah dan memperberat hukuman para terduga pelaku karena kesaksiaan dan kebenarannya sudah terungkap, kronologinya sudah diketahui.

"Restoran Pazji yang menjadi tempat ledakan terjadi merupakan salah satu bukan rencana awal, karena rencananya akan diledakan di Restoran one. Namun, pengawalan ketat sekaligus keamanan Restoran One yang begitu ketat sehingga kami (para mafia) tidak dapat masuk dan menyusun strategi ditempat itu." kata mafia a.

"Tembakan yang kami lakukan menggunakan senjata laras panjang dengan peredam, sudah direncanakan sebelumnya, dan kami sudah bersiap dari dua hari yang lalu dan menyewa kamar hotel tersebut dari dua hari yang lalu." kata mafia b.

"Persiapan dilakukan mulai dari pemantauan tamu yang datang, lokasi, titik ledakan, target, waktu penembakan, dan besaran ledakan hingga taktik untuk kabur kami sudah siapkan sesuai dengan denah tersebut." kata mafia a sambil mengarahkan dan menjelaskan maksud dari denah yang ditemukan pihak kepolisian.

"Apakah saudara memiliki atasan?" tanya Yang Mulia Hakim.

"Bos kami sudah meninggal." jawab mafia a dan b.

Kuasa hukum ayah diberikan kesempatan bertanya, "Apakah ini ada kaitannya dengan kematian atas nama Fahrel Deson Perdana?" tanya kuasa hukum ayah.

"Itu perintah dari Mr. Rudolf." jawab mafia c.

"Mengapa ia perintahkan?" tanya kuasa hukum ayah.

"Kejadiannya bermula saat Mr. Rudolf melakukan negosiasi dengan para pengedar narkoba untuk melakukan penjualan di berbagai sektor bisnis yang dimiliki perusahaan G-1. Namun, memanfaatkan pabrik produksi serta para petugas termasuk sopir, penjaga, dan koordinator distrubusi pabrik. Masing-masing negosiasi berjalan dengan baik." jawab mafia c yang sedikit lupa kejadiannya.

"Kemudian Mr. Fahrel selaku CEO perusahaan G-1 mengetahui pergerakan Mr. Rudolf dan kemudian marah besar dan segera melaporkan Mr. Rudolf kepolisian. Mr. Rudolf sempat mengajukan negosiasi dan akan berbagi komisi dengan Mr. Fahrel atas penjualannya. Namun, langsung ditolak begitu saja sehingga Mr. Rudolf juga marah. Merasa terancam akhirnya strategi dilakukan beberapa bulan kemudian." imbuh mafia d.

"Strategi mulai peretasan informasi pribadi Mr. Fahrel hingga merekayasa kematian sudah dilakukan." sahut mafia e.

"Dokumen laporan kami manipulasi, termasuk dokumen penjualan sehingga perusahaan G-1 mengira Mr. Fahrel juga terlibat pembelian narkoba dari salah satu pengedar Mr. Rudolf." kata mafia c.

Dilihatkan dokumen keuangan Fahrel. Pesan masuk yang ada ke *email* ayah juga ulah dari Mr. Rudolf, berisikan daftar pembelian obat adiktif untuk menyegarkan tubuhnya Kak Fahrel dari sebulan yang lalu. Bahkan menuliskan pesan, "Ayah aku pasrah akan hidup yang tidak bahagia bersama keluarga, aku mengalami banyak tekanan. Aku ingin hidup bebas..." begitulah bunyi pesan terakhir yang dikirimkan oleh Fahrel.

Semua fakta-fakta terungkap satu per satu.

Ibu Yota kemudian bersaksi, "Pagi itu Fahrel sempat terburu-buru sampai di lobi apartemen dan hendak mengambil dokumen yang katanya tertinggal, namun tiba-tiba saya ditodongkan pistol di kepala, Fahrel dibekap dari belakang oleh mereka. Sebelum akhirnya saya mendengar kematian Fahrel."

Ayah juga menambahkan bahwa, "Fahrel memberitahukan agar menunda rapat karena akan membahas informasi penting dengan para petinggi hari itu sebelum terjadinya ledakan di perusahan G-1 dan terjadi penembakan kepada salah satu karyawan hingga meninggal. Saya yang hanya tahu saat itu terjadi keributan memberitahukan pengawal untuk mengamankan perusahaan dari serangan, hingga kemudian saya menerima pesan masuk dari Fahrel berisikan demikian beserta dokumen keuangan." kata ayah dengan tegas menjelaskan kepada Yang Mulia Hakim.

"Surat pos 05 November 2004 yang diterima oleh Gema sudah dikirimkan Fahrel dari seminggu yang lalu sebelum kejadian tersebut, Yang Mulia Hakim. Sehingga bukti bahwa Ayahnya dan perusahaan G-1 sedang terancam. Namun, pesan masuk yang diterima oleh adiknya di *email* adalah manipulasi yang mengatakan bahwa, Aku sedang sakit dan memutuskan menggunakan narkoba daripada tersiksa." kata kuasa hukum yang memperlihatkan bukti yang sudah disiapkan oleh Amri.

"Kami membekap dan mengamankan Ibu Yota agar menjauh dari lokasi kejadian. Membius Mr. Fahrel, kemudian memberikannya konsumsi obat adiktif hingga tewas overdosis beberapa jam kemudian." kata mafia d.

Kelima mafia yang masih hidup juga merupakan saksi penting kematian Kak Fahrel itu mengapa ayah membiarkannya hidup hingga kesaksiannya diperlukan dipersidangan, ayah mengetahuinya karena salah satu mafia berkata saat penangkapan, "Jika kamu membunuhku, kamu akan rugi karena kami tahu sebab kematian anakmu! Hahaha..." ucap mafia d dengan posisi tengkurap saat pengejaran para mafia di tangga hotel sesudah Amri dan Pak Karo tertembak dan dilarikan ke rumah sakit.

Kasus peledakan pabrik produksi dan ledakan olimpiade juga rencana dari Mr. Rudolf, namun pelaku sudah tewas saat penangkapan sebelumnya. Yang Mulia Hakim, memutuskan untuk memulihkan nama baik Fahrel Deson Perdana dari tuduhan kematian disebabkan penggunaan obat adiktif berlebihan dan dinyatakan pelaku pembunuhan di hukum hati.

Putusan tersebut membuat seisi ruangan menangis bahagia. Ibu dan Ana yang mendengarnya dari layar televisi menangis dan berpelukan mendengar putusan hakim. Ayah juag berusaha tegar karena hakim belum memutuskan hukuman atas ledakan di Restoran

Pazji bagi para pelaku peledakan dan penembakan saat peresmian Restoran One.

Keterbatasan waktu, hakim menunda hingga besok pagi. Sontak seisi ruang siding ricuh dan para keluarga korban mendobrak pintu persidangan karena tidak menerima siding ditunda hingga besok. Situasi yang ricuh dan tidak kondusif menyebabkan hakim memutuskan ditunda sementara hingga besok pagi.

Persidangan ketiga pun dimulai, Yang Mulia Hakim memberikan sapaannya terlebih dahulu sebelum menyimak bacaan jaksa. Persidangan sempat tidak kondusif hingga hakim tidak dapat mulai sidang tepat waktu sehingga ayah turun tangan untuk menenangkan para keluarga korban. Akhirnya persidangan dimulai untuk mendengarkan putusan hakim. Vonis hakim untuk menentukan ledakan di Restoran Pazji.

"Setelah menimbang, menyimak, mendengar, mengetahui, dan melihat bukti-bukti yang memberatkan para terdakwa bahwa adanya ledakan dan penembakan yang menyebabkan kerugian materiil hingga menghilangkan nyawa seseorang dengan dilakukan bersama-sama lima terdakwa yang terencana untuk melalakukan tindakan yang sangat tidak manusiawi, keputusan hakim menimbang, menindak, dan mengingat." kata Yang Mulia Hakim dengan serius. Para keluarga korban yang hadir Nampak serius menyimak dan gemetar menunggu kata per kata yang diucapkan hakim.

"Memutuskan para terdakwa terbukti bersalah dan dijatuhi hukuman mati, TOK!!!" imbuh Yang Mulia Hakim, para petugas dengan sigap mengamankan para mafia tersebut ke tempat yang aman untuk dieksekusi.

Suara gemuruh dari teriakan bahagia, tangisan, dan rasa lemas yang menjadi satu dalam ruang persidangan tersebut. Para wartawan yang meliput menyoroti dan memperlihatkan betapa harunya ruang persidangan.

Dringg...

Panggilan dari rumah sakit berbunyi, telepon tersebut diangkat oleh pengawal ayah yang saat itu di luar sidang. Ia berusaha memberitahukan informasi dari rumah sakit. Namun, ayah berusaha menghindari wartawan seusai bertemu dengan para keluarga dan berbicara tentang kasus ini untuk berbelasungkawa sedalam-dalamnya. Para keluarga korban juga berterima kasih banyak tak terhingga atas pengawalan kasus ini hingga berakhir pada putusan hakim. Para mafia tidak mengajukan banding. Ayah sudah melakukan interogasi dan berbicara empat mata dengan para mafia tersebut sehingga mereka memilih untuk menyerahkan dirinya.

Ayah juga sempat menenangkan dirinya di sebuah mal, dan bertemu dengan anak kecil yang berkata, "Hadipilah dengan berani!" kata anak kecil tersebut yang ayah ingat sehingga ayah menunjukkan wibawanya yang tak gentar setelah dilihat melamun cukup lama oleh anak tersebut. Persidangan berakhir dan tinggal menunggu eksekusi.

~ Catatan ~

Rencana atas apa yang ingin kita hendaki dengan rencana atas yang terjadi, sebuah tanda tanya besar untukku.
Harapanku seperti cakrawala, aku tidak tahu harus pergi kemana.
Bahkan tidak tahu untuk melangkah menuju kemana.
Kebingungan mendasari pemikiranku.
Padahal aku tahu, pemikiran seseorang tidaklah dapat dibatasi.
Ketika itu terjadi, maka pasti seseorang tersebut sedang dalam penjara.

TERBUNUH

Persidangan atas kasus peledakan dan penembakan di sekitar lokasi Restoran Pazji dan Restoran One sudah berakhir. Keputusannya pun memberikan perasaan lega atas keadilan oleh para keluarga korban meskipun hukuman tersebut tidak membuat kehadiran orang tercinta hadir kembali ditengah-tengah keluarga, tapi keadilan atas perbuatannya yang merugikan para keluarga korban dan Restoran Pazji dan Restoran One sudah dipertanggungjawabkan dalam putusan pengadilan tersebut.

Setelah kondisi kondusif, para keluarga korban sudah diminta untuk menenangkan di rumah masing-masing. Pengawal ayah kemudian baru saja mendapatkan kesempatan untuk memberitahukan bahwa keadaan darurat terjadi dengan Pak Karo yang harus segera dilakukan operasi kedua.

"Bos! Saya dapat informasi dari pihak rumah sakit bahwa lima belas menit yang lalu, Pak Karo harus menjalani operasi kedua kembali." kata pengawal ayah yang sontak ayah sangat kaget.

"Apakah itu informasi benar? Bagaimana keadaannya sekarang?" tanya ayah kepada pengawal dengan keras.

"Saat ini, Pak Karo dalam penanganan di ruang operasi." jawab pengawal ayah. Ayah pun segera menuju ke rumah sakit dan berpamitan dengan para keluarga korban yang masih duduk lemas di pengadilan.

Sesampainya di Rumah Sakit. Ibu dan Ana serta para kerabat Pak Karo sedang menunggu di depan ruang operasi.

"Bu, bagaimana kondisinya, Gema?" tanya ayah dengan nafas terengah-engah setelah berlari menuju ruang operasi yang ada di lantai dua rumah sakit.

"Gema masih belum sadarkan diri, yah." jawab ibu sambil memeluk ayah.

Ayah kemudian menghampiri Ana, ayah memintanya untuk mendampingi gue di ruang inap.

"Keluarganya Amri sudah sampai?" tanya ayah kepada pengawalnya.

"Sudah, bos! Pak Rizal (Ayah Amri) masih menyusul setelah urusan bisnisnya, sekarang Ibu Risma (Ibu Amri) sudah mendampingi anaknya di ruangan." jawab pengawal ayah. Sontak ayah ingin melihat kondisi Amri terlebih dahulu sambil menunggu perkembangan operasi Pak Karo.

"Ibu. Ayah ingin melihat Amri terlebih dahulu, sementara ibu disini dengan kerabat Pak Karo, ya?" tanya ayah kepada ibu. Ibu pun menganggukan kepalanya seolah berkata iya dan mengizinkan ayah untuk pergi melihat Amri.

"Bu Risma, keadaan Amri sudah ada perkembangan?" tanya ayah kepada Ibu Risma (Ibunya Amri).

"Sudah ada perkembangan, kata dokter. Tadi juga sudah bagus perkembangannya setelah dicek dokter." jawab Ibu Risma.

"Baik, bagus. Amri kamu harus kuat ya." kata ayah sambil berbisik di telinga Amri untuk menguatkannya dan sedikit lega atas perkembangan baiknya.

"Pak Mandra, bagaimana kondisinya Gema, pak? Saya belum sempat menemuinya karena saking paniknya dalam perjalanan menuju kemari. Saya berterima kasih sudah membantu Amri hingga dapat pertolongan begitu cepat." tanya Ibu Risma sambil duduk disebelah Amri. Ayah pun mengajak Ibu Risma keluar ruangan agar sedikit menjauh dari tempat tidurnya Amri.

"Hm... saya belum ada kesana juga, ibu. Tapi, masih belum ada perkembangan, mohon doanya ibu." kata ayah.

"Ibu jangan kemana-mana, fokus temani Amri, Gema sudah ada adiknya yang menemani, kami akan membantu Pak Karo terlebih dahulu yang memerlukan penanganan. Tenangkan pikiran, semua pasti baik-baik saja." imbuh ayah menenangkan Ibu Risma yang hendak ingin ikut menengok Gema ke ruangannya.

"Pasti, Pak Mandra. Saya berdoa untuk semuanya, semoga diberikan keselamatan." sahut Ibu Risma dan kembali menemani Amri diruangannya yang masih terbaring. Tiba-tiba Dira dan keluarganya pun ikut datang menemani Ibu Risma.

"Kalau begitu saya permisi dulu ya, saya mau melihat Gema terlebih dahulu." kata ayah yang kemudian beranjak menuju ke ruang perawatan Gema.

Ana yang Nampak sedih dan murung melihat keadaanya yang begitu tidak terduga ditenangkan oleh ayah. "Ana, kamu jangan sedih, Gema pasti baik-baik saja." kata ayah kepada Ana sambil mengusap pundak Ana.

"Kamu kalau lelah, istirahat saja, biarkan ayah yang menjaga Gema disini." imbuh ayah.

"Tidak yah. Ana mau menemani Kak Gema disini." kata Ana yang sontak menangis dan tubuhnya masih gemetar mengingat kejadian seminggu yang lalu tersebut.

"Tidak apa, Ana. Percaya, ayah. Kakakmu itu kuat. Kan Gema mulu yang gangguin kamu. Dia pasti sehat kok." kata ayah menenangkan Ana yang sedang gemetar.

Sebenarnya, wajar saja dan begitulah kondisi Ana yang gemetaran. Ia mengingat kejadian duka yang menimpa kakaknya yang pertama yaitu Kak Fahrel. Ada kekhawatiran didalam dirinya, apakah hal ini akan kembali terjadi? Apakah kedua kakaknya akan pergi meninggalkannya?

Tak berselang lama, ayah dan Ana mengobrol saling menguatkan satu sama lain. Ayah dikagetkan datangnya pengawal ayah, ia memberitahukan, "Bos! Pak Karo sudah meninggal dunia..." kata pengawal ayah yang sontak membuat ayah berlari menuju ruang operasi. Kondisi Ana yang belum tenang membuatnya pingsan, pengawal ayah pun terpaksa membawanya beristirahat pulang ke apartemen. Ibu juga ikut menenangkan kondisi Ana yang masih belum tenang, ditambah Ana juga belum makan dari kemarin karena harus menemani ibu bolak-balik melihat kondisi Amri, Gema, Pak Karo, dan korban luka-luka lainnya.

Dokter operasi yang menangani Pak Karo telah memberikan penjelasan bahwa Pak Karo meninggal karena pendarahan yang begitu hebat yang disebabkan oleh banyaknya luka tembak ditubuhnya. Para kerabat dan ayah tak kuasa menahan tangisnya. Namun, ayah tetap berusaha menghapuskan air matanya dan segera meminta pengawal untuk membantu menyiapkan kepulangan Pak Karo ke Indonesia untuk dimakamkan sesuai dengan permintaan kerabatnya.

Suasana duka pun menyelimuti rumah sakit dan heningnya lorong berubah menjadi suara tangisan yang pecah setelah mendengar kabar duka ini. Ayah membantu mengurusi dokumen-dokumen untuk keberangkatan Pak Karo, esok hari ia yang akan segera diberangkatkan ke Indonesia. Ayah juga segera memberitahukan untuk pemesanan tiket pesawat serta mobil untuk para kerabat yang ikut ke pemakaman, semua biaya tersebut ditanggung oleh ayah sepenuhnya.

Keesokan harinya, hujan yang mengguyur bandara mengiringi peti jenazah dari Pak Karo meninggalkan Chigago untuk dimakamkan di Indonesia, para kerabat, ayah, ibu, Ana ikut mengantarkan keberangkatan pada dini hari. Kepergiaan Pak Karo memukul perasaan ayah begitu dalam, namun apa daya dan kuasa ayah. Para kerabat berpamitan dengan ibu, ayah, dan Ana.

"Pak Mandra, kami berterima kasih, dan pamit untuk ke Indonesia. Saya mohon maaf belum bisa membalas budi baiknya serta saya mendoakan agar Gema juga segera pulih." kata kerabat Pak Karo mengucapkan selamat tinggal dengan ayah.

"Tidak, pak. Saya turut berduka, saya mohon maaf tidak bisa ikut dalam pemakaman karena masih harus mengurus Gema, Amri, dan para korban luka-luka." kata ayah.

"Semoga Tuhan menguatkan Pak Mandra, Ibu Harum, Ana. Kuat ya, Ana. Kita sama-sama berdoa musibah ini pasti ada maknanya. Kita sebagai manusia hanya bisa berserah diri kepada Tuhan, kita manusia tidak berdaya." kata kerabat Pak Karo yang mengusap kepala Ana untuk menenangkan Ana. Ia tahu Ana kemarin pingsan dan syok mendengar berita duka ini.

Pesawat pun berangkat meninggalkan Chigago dan pergi menuju ke Indonesia. Belum selang beberapa lama pesawat mengudara, berita buruk disampaikan oleh pihak rumah sakit. Kondisi Gema kian menurun sehingga memerlukan penanganan lebih serius oleh para dokter. Ibu, ayah, dan Ana yang tadinya ingin menyambut kedatangan Pak Rizal diwakilkan oleh pengawal ayah karena harus segera ke rumah sakit. Dalam perjalanan rasa kekhawatiran Ana menjadi-jadi, ketakutannya kian bertambah. Pengawal ayah mengabari keadaan Gema yang masih ditangani oleh para dokter memberikan upaya terbaiknya.

"Ayahh...Gema gimana, yah?" tanya ibu yang semakin khawatir dengan keadaan Gema.

"Ya Tuhan, cobaan apalagi yang kau berikan ya Tuhan...Lindungilah Gema ya Tuhan." gumam ayah berseru dan berdoa kepada Tuhan memohon pertolongan Tuhan.

Ana hanya bisa menangis dan tubuhnya gemetar, dipeluk oleh ibu sekuat-kuatnya. "Kak Gema kuat kok." kata Ana dengan gemetar.

"Iya dik. Kakakmu pasti kuat." sahut ibu sambil menangis tersedu-sedu khawatir karena kondisi darurat seperti ini tidak bisa menemani anaknya. Sama seperti Fahrel yang tidak dapat ia lihat untuk terakhir kalinya.

Doa-doa pun mengiringi perjalanan menuju ke rumah sakit. Tibanya di rumah sakit. Ibu, ayah, dan Ana Nampak berada di luar menunggu informasi dari dokter yang menangani Gema. Pak Rizal yang baru saja tiba di Chigago sejam kemudian setelah Pak Mandra meninggalkan bandara, mengetahui informasi kondisi Gema yang kritis dari pengawal Pak Mandra segera menuju rumah sakit dan menemui keluarga Gema terlebih dahulu. Keadaan yang begitu hening, menunggu kabar baik dari dokter.

Dokter pun keluar dan mengatakan, "Saat ini Gema harus dirawat dengan intensif, sementara tidak boleh ada yang masuk ke dalam, sampai kondisinya dalam keadaan stabil." kata dokter yang menangani Gema. Para keluarga hanya dapat menunggu dan berdoa atas kondisinya saat itu.

"Pak Mandra, mari kita berdoa..." seru Pak Rizal (Ayah Amri) menenangkan kondisi saat ini mengajak untuk semuanya berdoa.

Setelah doa selesai, kondisi sudah tenang, Pak Rizal menyempatkan dirinya untuk menjenguk Amri yang sudah sedikit pulih. Pak Rizal pun sempat berbincang dengan Amri.

"Amri, bagaimana keadaanmu, sudah membaik kan?" tanya Ayah Amri.

"Sudah, pak. Kondisinya Gema gimana?" tanya Amri yang masih berbicara sangat pelan dan terbaring.

"Dia sudah baik kok, kamu istirahat saja dulu." jawab Ayah Amri.

"Eksekusi berlangsung besok malam, kita harus beritahu Pak Mandra secepatnya." terdengar ucapan pengawal Pak Mandra yang samar-samar terdengar dari ruangan rawat Amri.

Sontak Amri bertanya, "Siapa yang dieksekusi, bu?" tanya Amri yang tidak dapat didengar jelas oleh ibunya.

"Amri sidang pengadilan sudah memutuskan para pelaku tersebut dieksekusi." kata Ibu Amri memberitahukan Amri kejadiannya. Jawaban tersebut membuat Amri sedikit tenang. Dira pun masih ada disana bersama keluarganya. Dira mendampingi Amri selama dirawat di rumah sakit.

Pengawal ayah memanggil dan mengisyaratkan untuk mendekat agar sedikit menjauh dari posisi Ana untuk mengatakan informasi dari pengadilan.

"Bos! Besok malam, eksekusinya." kata pengawal ayah.

"Baik, kita harus datang menyaksikannya." sahut ayah.

Eksekusi dilakukan secara tertutup dan tanpa diketahui pihak media, hanya para keluarga korban. Informasi disampaikan oleh pengadilan, eksekusi dilakukan di tempat khusus dan para pelaku kemudian langsung dimakamkan sesuai dengan prosedur pengadilan. Ayah dan para pengawalnya hadir menyaksikan, begitupun perwakilan para keluarga korban.

Beberapa hari telah berlalu, Amri mulai sudah bisa menggerakan badannya dan berbicara, ia juga meminta maaf kepada Dira.

"Dira, maaf atas kejadian ini kita tidak jadi melangsungkan pertunangan, aku tahu kamu pasti sangat kecewa akan hal itu..." kata Amri dalam posisi di tempat tidurnya yang setengah duduk.

"Tidak masalah, aku sama sekali tidak memikirkan akan hal itu. Aku hanya memikirkan kalian (Amri dan Gema) serta yang lainnya dalam kondisi normal seperti sebelumnya. Jangan risau, pulihkan dirimu terlebih dahulu jauh lebih penting." kata Dira sambil mengenggam tangan Amri.

"Nanti kalian langsung menikah saja hahaha..." sahut Pak Rizal sedikit tertawa yang menghilangkan suasana sedih. Amri memberikan respon yang cukup baik.

Namun setelah percakapan itu terjadi, kondisi Amri kian menurun. Tentu saja membuat kepanikan semua yang ada di ruangan. Dokter yang mengetahui hal itu segera menuju ke ruangan Amri. "Bapak, ibu, dan semuanya. Saya mohon untuk berdiam diri diluar, kami tim dokter memerlukan waktu dan ruangan untuk memeriksa kondisi pasien." ucap perawat yang memberitahukan kepada semuanya.

Tit..tit...tit...

Suara itu terdengar seperti irama yang menyeramkan dan sangat jelas, Ritmenya yang semakin cepat membuat ibu dan ayah Amri semakin panik, begitupun dengan Dira yang nampak lemas melihat kondisi Amri. Ayah, ibu, dan Ana yang saat ini berada di depan ruangan Gema dirawat seketika kaget mendengar informasi tersebut dari pengawal ayah. Terakhir kali, ia memberikan senyuman dan sedikit bergurau. Kondisi ini sungguh diluar dugaan.

"Kenapa Amri?" tanya Ibu Harum kepada salah satu perawat, detak jantungnya lemah, dok. Ibu diizinkan masuk untuk membantu mobilisasi pengambilan obat yang diperlukan oleh petugas penanggungjawab pasien. Ibu Harum tidak diam begitu saja melihat Amri yang saat ini sedang kritis. Ia juga dibantu oleh ayah dan pengawal untuk menyiapkan segala kemungkinan yang terjadi.

Orang tua Amri nampak terdiam menyaksikan kondisi tersebut, ia hanya mendengarkan suara tit..tit..tit... Seolah-olah mengharapkan ritme tersebut kembali normal. Setelah satu jam penanganan, suasana yang penuh dengan keheningan dan doa, langsung berubah menjadi histerisan dan suara tangisan dari orang tua, Dira beserta keluarganya, begitupun dengan Ana, ayah, dan ibu.

Amri Manggala Syahputra...

Dinyatakan meninggal dunia diusia ke 25 tahun di Rumah Sakit Chigago pukul tiga sore waktu setempat.

Tertulis dalam catatan harian seorang Ana, Ana Alina Putri bersama Amri Manggala Syahputra.

~ Catatan ~

Begitu banyak insan di dunia ini dengan berbagai cerita kesedihan dan kebahagaiannya.

Aku tidak tahu harus berkata apa untuk menggambarkan diriku ditengah banyaknya cerita di dunia ini.

Jangankan ragaku, jiwaku seperti terombang-ambing.

Cerita yang bagaimanakah dan suara seperti apakah, untuk mampu terdengar bahkan ke seluruh negeri?
Aku bukanlah Dewa dan Dewi.
Aku manusia yang tanpa kekuatan istimewa, andaipun aku punya, apakah bisa aku menjadi Dewa Waktu?

LUKA

Dalam keadaan yang masih sedikit pusing, gue tersadarkan oleh sebuah ucapan, "Gema, gue pergi dulu ya. Jaga diri lu baik-baik. Titipkan salam gue ke Dira dan yang lainnya." begitulah yang terdengar dan samar-samar. Gue masih berusaha untuk membuka mata gue untuk melihat siapakah yang berbicara dengan gue. Terdengar seperti suara Amri. Dalam pikiran gue, "Apakah gue membuat Amri khawatir ya?" terucap sekilas dalam diri gue.

Mata gue sedikit terbuka melihat perlahan-lahan dan sedikit buram. Ibu, ayah, Ana, Dira, dan keluarga lainnya ada dekat gue. Mereka mengatakan, "Gema...gema..." dan memanggil para dokter. Keadaan gue pulih dan berusaha untuk sedikit membenahi posisi tidur gue, namun tubuh gue masih sedikit pusing dan lemah. Ana menyapa gue dan memanggil serta mengenggam erat tangan gue, begitupun dengan ibu.

Dokter memeriksa keadaan gue yang masih terbaring lemah di tempat tidur. Kepala pun masih sedikit pusing, mulut yang terasa sedikit pahit, dan tubuh masih lemas. Dokter mengecek denyut nadi, mata, dan bertanya keadaan gue.

"Pasien saat ini sudah sadarkan diri, namun tetap dalam observasi kami." ucap dokter yang memeriksa.

"Kak Gema, kerasa gak tangan Ana?" tanya Ana yang mengenggam tangan gue begitu erat dan gue hanya menganggukan kepala mengisyaratkan "Iya" kepadanya.

Wajah-wajah mereka nampak haru dan menyimpan kesedihan. Gue merasa bersalah telah merepotkan mereka, "Ibu, Gema minta maaf kalau merepotkan ibu ya..." kata gue dengan masker oksigen yang masih terpasang.

"Tidak, tidak, Gema...kamu sehat ya, nak." kata ibu sambil menitikkan air matanya, gue pun berusaha untuk menghapus air mata ibu dari pipinya.

"Gema, istirahat dulu ya, nanti ibu bawakan buah, kalau Gema mau." ucap ibu sambil mengusap rambut gue dan gue hanya menganggukan kepala.

Gue melihat sekeliling, namun tidak ada Amri. "Kemana kah orang itu, beli makan kali." begitulah pikiran gue bertanya tentang Amri. "Mending istirahat deh dulu, nanti bangun tidur sepertinya sedikit berbeda, mungkin masih pengaruh obat, rasa ngantuk masih terasa, kelopak mata terasa ingin menutup saja." ucap gue dalam pikiran yang sedang bersahutan.

Keesokan harinya, cahaya yang sedikit masuk dari kelopak mata membuat gue sedikit silau. Terbangun di pagi hari, gue melihat ibu disebelah tempat tidur. Ibu nampak sangat lelah.

"Ibu. Ibu lelah kah?" tanya gue yang mengejutkan ibu dan segera terbangun dari tidurnya.

"Tidak kok, ibu kira kamu masih tidur, jadi ibu sedikit ngantuk. Ana dan ayah lagi beli makanan di kantin." jawab ibu sambil mengusap-usap mata.

"Gema boleh minta air kah, bu?" tanya gue karena terasa sedikit haus.

"Boleh, sebentar Gema..." jawab ibu yang langsung dengan cepat mengambilkan air minum untuk gue. Gue minum sedikit air meskipun sedikit terasa pahit.

Dokter pun datang untuk memeriksa keadaan gue sekaligus mengganti infus yang hampir habis serta menyuntikan penghilang rasa nyeri di selang infus gue.

"Gema istirahat dulu ya, nanti dokter mau periksa lagi, biar obatnya bekerja dulu." kata ibu sambil mengenggam tangan gue.

Gue pun dalam masa pemulihan sekitar seminggu. Sampai pada akhirnya, gue bisa bertanya tentang Amri, "Amri kemana ya?" tanya gue yang heran dia tidak terlihat sama sekali, "Apakah dia sibuk dengan urusan perusahaan karena pasca ledakan?" tanya gue kembali pada diri gue sendiri.

Hari ini gue diizinkan pulang, "Ibu, Ana. Kemana Amri?" tanya gue sambil duduk di kursi roda menuju mobil. Mereka hanya terdiam dan tidak memberikan respon apapun.

"Kak, Ana punya foto waktu konser yang baru sempat tak kasik." kata Ana menyodorkan foto-foto konser Ana.

"Wiih keren banget lho ini hasilnya. Lihat kakakmu gagah kali hahaha..." kata gue yang kagum melihat beberapa foto konser Ana.

"Yang ini keren, Ana. Kayaknya harus diperbesar." kata gue sambil melihatkan foto bersama (Ana, Ibu, Amri, Ayah, Gue, Ibu Sarah).

"Iya kak, nanti Ana buatkan deh." kata Ana sambil mempercepat langkahnya ke mobil karena sedikit panasnya terik matahari.

Dalam perjalanan menuju ke apartemen, gue melewati perusahaan G-1. Sontak gue bertanya, "Amri sibuk ya sama ayah?" tanya gue melihat gedung G-1 yang terlewati.

"Ayah masih sibuk urusan kantor, Gema. Dia mewakili kamu terlebih dahulu dalam jumpa pers." jawab ibu yang duduk di kursi depan.

"Hm...iya juga sih, kalau gini-gini biasanya urusan Amri dah, pasti sibuk mereka berdua." sahut gue sambil mengangguk-anggukkan kepala.

Ana nampak murung dan sering bengong. "Ana, bengong mulu." imbuh gue menegur Ana yang terlihat melamun melihat jalan.

"Bagus langitnya, kak." kata Ana.

"Awas ntar muntah karena pusing lihat jalan." kata gue sambil sedikit tersenyum kepadanya.

Mata gue yang sedikit mengantuk karena respon tubuh terhadap obat menyebabkan gue tertidur sepanjang perjalanan hingga sampai terbangun kembali pada malam hari. "Ibu, Gema ingin makan buah, bolehkah?" tanya gue yang melihat ibu sedang berberes ruang tamu apartemen.

"Sebentar biar ibu saja yang ambilkan, kamu duduk saja dulu, masih masa pemulihan." jawab ibu yang bergegas mengambil buah di kulkas.

"Amri sama ayah belum ada datang ke sini ya, bu?" tanya gue sambil menghidupkan televisi.

"Mungkin masih sibuk, Gema. Ana juga lagi belajar buat ujian semesternya." jawab ibu sambil mengupas buah apel dan pir.

"Ana sudah ujian?" tanya gue yang kaget karena waktu begitu cepat.

"Iya, sekarang lagi fokus belajar biar tidak diledek katanya sama kamu kalau nilainya jelek." jawab ibu sambil membersihkan anggur.

"Hm...padahal cuma bercanda, lagipula Gema tahu Ana sudah pinter tanpa belajar. Sekalinya belajar juga dapat serratus lagi hahaha..." kata gue sambil sedikit tertawa.

Hari-hari pun berlalu, kondisi gue sudah dalam keadaan normal. Gue pun menyadari kalau baju Amri juga tidak disini, akhirnya gue berusaha untuk menelpon Dira. Namun, tidak ada jawaban. Ibu dan Ana tidak ada di apartemen gue, mungkin mereka mengira gue masih istirahat. Ya meskipun memang masih sedikit pahit rasanya, hanya saja tangan dan kaki sudah tidak merasakan nyeri lagi.

Gue pun menuju meja kerja dan sontak membuat gue kaget ketika membuka komputer, media lokal memberitakan tentang pembaharuan besar-besaran telah terjadi kembali di perusahaan G-1, tanpa sepengetahuan gue sedikit pun. Penasaran akan berita tersebut, gue menonton informasi tersebut. Banyaknya kerja sama perusahaan yang meningkat dan memperbaiki kinerja perusahaan, begitulah kurang lebih yang gue pahami. Ibu pun datang ke apartemen gue.

"Gema, kamu ngapain, jangan kerja dulu, santai dulu." kata ibu sambil membawakan sarapan.

"Gak ibu, ini Gema sama sekali tidak ada lihat Amri atau ayah nih, buat jelasin tentang perusahaan." kata gue yang sedikit bersalah.

"Mereka tahu kamu lagi sakit perlu istirahat. Pokoknya sembuh dulu, baru kerja ya. Ibu ajak kamu jalan-jalan dulu gimana?" tanya ibu sambil membereskan makanan yang ia bawa.

"Maaf Gema sudah merepotkan ibu selama ini, ya..." kata gue sambil tersenyum.

"Nanti saja Gema mau mandi air hangat dulu, palingan ke lantai atas saja di taman duduk-duduk disana." imbuh gue.

"Okelah, nanti ibu kesini, ibu kelupaan harus ambil paket buat Ana." kata ibu.

"Wihh, paket apaan tuh, tumben Ana minta tolong ibu urusan begini." kata gue.

"Dia beli barang persiapan buat ujian praktek seninya." kata ibu yang segera bergegas meninggalkan ruang apartemen.

"Hati-hati ya, ibu harum melati, semuanya indah~..." kata gue sambil bersenandung.

"Haha...ada saja kelakuanmu, ya sudah, jangan lupa sarapannya." kata ibu dan menutup pintu kamar.

Gue pun bersiap-siap terlebih dahulu dan menelpon Amri. Namun, Dira ataupun Amri sama saja. Sampai akhirnya notifikasi berita terkait posisi Amri terganti muncul di layar *smartphone* gue. "Hah?!" begitulah respon gue ketika begitu sangat kaget, dan sambil berjalan menuju taman bunga lantai atas. Ketika membaca berita tersebut, gue sangat kaget hingga terduduk diam di lantai atas. "Pemegang saham perusahaan G-1, Amri Manggala Syahputra dinyatakan telah meninggal dunia." begitulah sekilas yang gue baca dari informasi tersebut.

"Benarkah ini?!" kata gue dengan keras sambil mengecek kebenaran informasi ini, gue langsung menelpon ayah berkali-kali, begitupun dengan Dira, ibu, dan Ana. Mereka tidak ada yang menjawab.

Tubuh gue yang gemetar, tangan gue begitu gemetar membaca satu per satu berita tersebut. Pikiran dan pandangan gue buyar mengetahui hal ini. Namun, gue menyimpulkan baju Amri, alat kerja Amri, dan ketidakhadirannya bahkan kejadian terakhir yang gue ingat. Bahkan media yang menyiarkan pemakaman Amri, ada disetiap media lokal. Seketika gue berlari menuju lift dan mengecek kebenarannya di kamar gue. Gue berusaha menelpon Amri, karena ini pasti ada informasi bohong.

"Kak!" panggil Ana yang tiba di kamar apartemen gue.

"Ana! Ini kenapa ada berita Amri meninggal?! Amri kemana, kok susah sekali dihubungi?! Ana kamu tidak ujian?!" kata gue dengan cemas dan bingung. Ana memeluk gue begitu keras.

"Kak, tenang dulu..." kata Ana yang sontak memeluk gue dengan keras dan menenangkan gue. Ana menghela nafas dalam, namun detak jantung gue yang begitu cepat karena ingin mengetahui informasi sebenarnya.

"Ana, jawab pertanyaan Kak Gema, Ana?!" kata gue dengan gemetar.

"Kak Gema, Kak Amri sudah meninggal kak." jawab Ana sambil menangis, yang membuat seluruh tubuh gue menghilang dan merinding. Pandangan gue kosong dan terdiam sesaat mencerna informasi ini.

"Hah?!" begitulah respon gue yang membuat gue seketika lemas luar biasa.

Menangis. Itulah yang bisa gue lakukan. Ana memeluk gue dengan begitu erat untuk menenangkan gue, Ana juga menangis. Kepala gue menjadi pusing, karena kaget yang luar biasa. Ayah, ibu, Dira, dan keluarga Amri datang menemui gue. Mereka memeluk gue dan menenangkan gue.

"Gema kamu harus kuat!" kata Pak Rizal memeluk gue, gue masih menangis hebat dan jujur saat ini rasanya hampa.

Menggambarkan kesedihan yang gue rasakan saat ini, sungguh gue hanya bisa mengatakan bahwa, "Ini bukan mimpi kan?". Energi gue terasa hilang dan tidak berdaya. "Bagaimana mungkin, Amri meninggal, dan gue tidak melihatnya lagi, sama seperti Kak Fahrel." tutur batin gue saat ini yang terus menerus tidak menerima kenyataan akan kehilangan yang sungguh luar biasa dalam hidup gue.

"Ma..." kata Dira sepatah kata sambil menganggukan kepalanya sedikit, dan sedikit tersenyum untuk menegarkan keadaan gue saat ini.

Menangis sesenggukan dan batuk, rasanya nafas pun sulit. Sungguh momen kehilangan ini begitu berat, "Ya Tuhan berkali-kali hamba kehilangan seseorang tanpa dapat mengucapkan selamat tinggal. "Sungguh begitu besar kuasaMu Tuhan, apa daya aku yang begitu lemah, kuatkanlah aku, tabahkan hatiku, dan muliakanlah sahabatku di surgaMu." begitulah kata doa yang terucap dalam batin gue.

Beberapa jam menangis hingga energi yang masih dalam pemulihan, gue sampai lupa untuk mengenal kondisi tubuh gue hingga terjatuh pingsan. Gue pun berusaha untuk menenangkan diri sendiri, memahami kejadian ini. Sungguh ini sangat berat. Keesokan harinya, gue meminta untuk pergi ke makam Amri.

"Ri, lu kenapa, gue minta maaf kalau lu gak temenan sama gue pasti hidup lu jauh lebih bahagia dan aman, Ri." ucap gue sambil memeluk makam Amri.

Menangis dan menangis. Berusaha untuk menerima kenyataan dan apa yang terjadi sesungguhnya itu nyata. Bukanlah mimpi. "Tenang disana, ya. Ada Kak Fahrel, Rama, dan yang lainnya, kalian semua jangan rindu gue dulu ya, biar gue saja." imbuh gue sambil menangis sesenggukan.

Ana menenangkan gue terus menerus. Ia juga memberikan catatan saat Amri sempat terdasarkan pasca operasinya. Amri menuliskan begitu banyak catatan penting. Gue belum siap untuk membacanya, ditambah gue juga mengetahui Pak Karo juga pergi untuk selama-lamanya, begitu banyak peristiwa yang gue lewatkan saat terbaring lemas di rumah sakit. Waktu berlalu begitu cepat, gue berusaha untuk tegar dan bangkit ditengah-tengah peristiwa ini. "Gue harus bangkit dan harus cepat karena waktu berlalu begitu cepat, gue tidak boleh berlarut akan kesedihan, ayah perlu bantuan gue juga." tutur batin gue saat berusaha menerima dan tegar atas keadaan saat ini.

Berhari-hari gue habiskan dengan kesendirian, akhirnya gue penasaran akan isi catatan yang diberikan oleh Ana. Gue pun membaca satu per satu isi dari catatan tersebut.

"Hari ini pasca operasi, kata nyokap gue, seminggu lebih gue tidak sadarkan diri. Gue berpikir, lu sudah sehat, ternyata kita sama-sama berjuang juga hahaha..." halaman pertama dari Catatan Amri dan Ana.

"Ma, lama banget lu kagak bangun, sini lah ke kamar gue atau lu mau gue jenguk. Masalahnya nih, dokter belum kasi gue masuk ke ruangan lu." halaman kedua dari Catatan Amri dan Ana.

"Gue sedih dan kecewa belum bisa melewati pertunangan dengan Dira karena kejadian ini, tapi lu pasti tahu kan, para mafia itu sudah mendapatkan hukumannya di persidangan." halaman ketiga dari Catatan Amri dan Ana.

"Ana, khawatir dengan keadaan Kak Gema. Hari ini Ana pinjam catatan Kak Amri. Ana belum berani ikut ke ruang perawatan Kak Gema, ada ayah dan ibu disana yang menjaga ditambah banyak orang lainnya juga. Kak Amri juga mendengar katanya mafia tersebut akan mendapatkan hukuman mati." halaman keempat dari Catatan Amri dan Ana.

"Pak Karo yang dinyatakan meninggal dunia hari ini telah disemayamkan ke Indonesia. Gema sahabat gue mengalami fase kritisnya, gue berdoa dan begitu khawatir akan situasi ini." halaman kelima dari Catatan Amri dan Ana.

"Nampaknya kondisi gue sudah membaik, begitu banyak cerita yang ingin gue sampaikan kepada sahabat gue, begitupun dengan keluarga sekaligus mengulang kembali acara pertunangan. Gema lu harus bantuin gue bikin acara yang mewah." halaman keenam dari Catatan Amri dan Ana.

"Kondisi gue tiba-tiba memburuk nih, apa karena mikirin lu ya Gema atau mikirin Dira hahaha..." halaman ketujuh dari Catatan Amri dan Ana.

"Melanjutkan cerita Kak Amri, Ana bercerita tentang kondisi Kak Amri dan Kak Gema masih dalam keadaan darurat. Sungguh, perasaan yang Ana tidak inginkan ini terjadi." halaman kedelapan dari Catatan Amri dan Ana.

"Hari ini Ana sudah tidak berdaya, Kak Amri. Tenang disana ya. Ana pinjam catatannya. Nanti Ana kasi ke Kak Gema kok, sesuai dengan permintaannya." halaman kesembilan dari Catatan Amri dan Ana.

"Ana belum bisa memberikan ini ke Kak Gema. Melihat kondisinya yang belum pulih, Ana bingung memberitahukan, kalau Kak Amri sudah tidak bersama kita lagi di dunia. Kak Amri, kami semua bingung menjelaskannya. Semua keluarga sementara menjauh seolah-olah menyibukkan diri agar ketidakhadirannya Kak Amri tidak ditanyakan oleh Kak Gema, maafkan Ana ya kak..." halaman kesepuluh dari Catatan Amri dan Ana.

Setiap catatannya berisikan cerita-cerita yang begitu detail sehingga gue pun mengetahui kronologinya. Menghela nafas yang begitu dalam, tetapi inilah "Ruang Nyawa" ucap gue setelah membaca catatan Amri dan Ana di fase gue sedang kritis dan keadaan ayah yang begitu tegar. "Kenapa gue tidak? Gue harus bisa bangkit." seru gue dalam batin.

~ Catatan ~

Ruang nyawa.
Begitulah aku menyebut kejadian yang tidak terduga oleh Sang Waktu.
Sungguh, ini bukan sebuah hal yang mudah.
Percayalah, perpisahan itu akan selalu ada.
Ia bermula dan berakhir.

Namanya juga ruang nyawa.

Ia terbatas, bagi ia yang jiwanya harus pergi maka akan pergi dari ruang tersebut ataupun jika sudah saatnya seseorang baru yang datang, maka menjaga ruang tersebut tidak penuh, harus ada orang yang pergi.

PELANTIKAN

"Kehidupan yang baru, suasana yang baru, dan hati yang baru. Meskipun ini bukanlah kelahiran gue yang baru tapi nyatanya seperti demikian, bahkan tahun baru pun masih belum." begitulah ungkapan dalam batin gue ketika melihat dan mengenang kenangan yang indah bersama sahabat gue Amri. Bersiap-siap dan gue memulai gebrakan baru di perusahaan dan menggantikan ayah sebagai pimpinan tinggi perusahaan G-1 yang memiliki lima puluh lima perusahaan yang tersebar di seluruh negara dan memiliki dua puluh anak perusahaan yang memiliki ratusan cabang di seluruh negara. Menduduki posisi ini melewati begitu banyak dukanya. Namun, sebelum itu terjadi. Gue harus mampu melewati begitu banyak rintangan kedepannya, tidak mudah karena harus mengecek keseluruhan perusahaan G-1 di seluruh negara dalam waktu enam bulan kedepan.

Malam yang hening, gue mendatangi sebuah tempat yang dulunya adalah kamar Amri. Memandangi dan mengingat kenangan tersebut masih membuat gue merasakan kehilangan begitu dalam. Ingat dengan sangat jelas, ia menceritakan tentang kisah cintanya dengan Dira, tunangannya. Tak henti-hentinya gue menghela nafas begitu dalam. Terakhir kali bertemu dengan Dira sebelum ia pergi ke Perancis untuk melanjutkan pendidikannya, gue menitipkan pesan kepadanya bahwa, "Sahabat gue, Amri. Sangat tulus mencintai lu Dira. Jika seandainya Dira menemukan dikemudian hari, seseorang yang tulus mencintai dirimu. Gue dan Amri akan selalu membantu untuk menemukan cinta sejati buat Dira." kata gue yang sangat begitu sedih harus melihat Dira pergi ke Perancis karena gue tahu dia sangat kehilangan sosok Amri. Jadi dia melupakannya dengan cara menyibukkan dirinya di Perancis.

"Nanti kita bertemu lagi, Ma. Jaga dirimu baik-baik, suatu hari nanti kita bikin projek bareng." kata Dira sebelum akhirnya pergi ke Perancis.

"Pasti." sahut gue.

Beberapa bulan berlalu, gue begitu sibuk dengan kunjungan ke beberapa negara untuk melihat perkembangan perusahaan G-1 di tiap negara. Ayah yang menjadi komisaris, mengumumkan kepada seluruh perusahaan bahwa tugasnya sebagai presiden direktur sementara akan digantikan oleh Kumara Gema Asana. Setelah melalui proses yang cukup panjang dan belajar untuk meningkatkan bisnis perusahaan hingga akhirnya ayah memutuskan gue layak menjadi seorang presiden direktur.

Saham perusahaan G-1 sempat anjlok dan jatuh hingga memiliki utang sampai triliunan dolar amerika. Hingga untuk bangkit dalam waktu yang singkat menjual beberapa asset yang membombardir perusahaan harus dilakukan, pembaharuan sumber daya sekaligus pelatihan untuk menyamakan prinsip-prinsip perusahaan adalah sebuah keharusan. Akhirnya perusahaan G-1, kembali pada masa kejayaannya.

Melewati fase kritis dari diri sendiri dan perusahaan G-1, percayalah setiap gue memulai sesuatu, "Bantu aku Tuhan, harapan dari orang terkasih begitu besar kepadaku, ringankan langkahku." berulang-ulang setiap harinya. Hari ini pelantikan gue sebagai presiden direktur perushaan G-1.

"Selamat Kak Gema, akhirnya." kata Ana dengan senyuman yang sangat lebar.

"Terima kasih, Ana." ucap gue.

Begitupun orang-orang mengucapkan selamat atas keberhasilan gue membangkitkan kembali perusahaan. Para keluarga korban juga hadir dan menjadi bagian dari perusahaan G-1 sebagai seorang karyawan pabrik produksi. Semua membantu gue, bahkan orang-orang yang tidak terduga membantu untuk mengembalikan kejayaan dari perusahaan G-1 setelah mengalami kerugian yang cukup besar karena peristiwa tersebut. Ayah juga luar biasa mempertahankan perusahaan G-1 dan ribuan karyawan dengan membangkitkan semangat karyawan agar tetap fokus pada tujuan mereka karena perusahaan tidak akan melakukan pemecatan tapi pembaharuan mekanisme kerja sementara waktu.

"Terima kasih kepada seluruh departemen, saya berutang budi atas kebersamaan kalian selama masa-masa sulit perusahaan. Tidak satupun diantara kalian yang meninggalkan perusahaan G-1 meskipun saya sangat berberat hati memberitahu kalian bahwa keuangan perusahaan sedang tidak baik. Hari ini kalian juga menuai kejayaan perusahaan, berbahagialah kalian. Kita harus bekerja sama kembali kedepannya." kata ayah dalam sambutan di acara pelantikan pagi hari ini. Disambut dengan tepukan tangan dan tangisan karena kebaikan ayah yang begitu luar biasa telah banyak membantu para pekerja. Itu terlihat dari ungkapan haru dan ekspresi yang luar biasa dari para pekerja.

"Jaya! G-ONE!" ucap undangan yang hadir dilapangan.

"Semuanya, G-ONE per hari ini akan berganti nama berevolusi semakin kuat menjadi perusahaan *Golden Hour*. Saya selaku presiden direktur, Kumara Gema Asana, berterima kasih atas G-1 yang lalu atas segala cerita." kata gue dan disambut dengan tepuk tangan yang meriah.

Pelantikan berlangsung dengan mewah, dihadiri oleh para pimpinan *Golden Hour* dari seluruh negara. Mereka semua menyampaikan selamat kepada gue. "Selamat atas keberhasilannya, Mr. Gema." ucap para undangan VVIP.

~ Catatan ~

Harapan menjadi bagian penting dari ruang nyawa.
Ketika itu hilang maka ruang nyawa juga akan hilang.

Bersuka citalah untuk kehidupan ini, bersedihlah untuk meluapkannya.
Sejatinya ruang nyawa tidak hanya hidup dan mati saja, tapi mengisi kehidupan sebelum kematian adalah hal yang penting.
Jangan biarkan hidupmu menjadi ruang yang kosong.
Isi dan buatlah dirimu nyaman.
Berbuatlah kebaikan diatas dharma (kebenaran Tuhan).
Semangat!

TERBIT

Golden Hour menarik banyak peminat investor diseluruh negara. Sehingga, menjadikan perusahaan berkembang begitu pesat dan sangat jauh melesat. Setiap inovasinya selalu dinantikan, setiap informasi perusahaan dinantikan oleh para rekan media. Bahkan, inovasi pengembangan Golden Hour habis dalam sekejap. Mal *Golden Hour* A hingga Z selalu ramai dikunjungi oleh para seleb popular. Omzet per tahun terus meningkat. Bahkan inovasi teknologi yang sangat mustahil direalisasikan berhasil terwujud oleh *Golden Hour.*

Golden Hour terus menjaga perusahaan hingga mendapatkan banyak sekali penghargaan dan menang berturut-turut sebagai perusahaan pencetak sejarah dunia di berbagai bidang bisnis. Pencapain-pencapainnya sungguh begitu menakjubkan bagi para pengamat ekonom dunia.

"Perusahaan dengan standar yang terbaik, dialah presiden direkturnya." kata salah satu undangan yang sedang membicarakan *Golden Hour.*

"Bagaimana bisa sebuah perusahaan yang awalnya rugi bisa bangkit kembali?" kata seseorang dalam sebuah obrolan di meja makannya.

Semua orang sedang memperbincangkan *Golden Hour,* sungguh kehadiran perusahaan *Golden Hour* membuat para pesaingnya harus memikirkan strategi baru dan cara baru untuk dapat bersaing dengan perusahaan *Golden Hour.* Hampir setahun, tepatnya menuju tahun baru. Gue menghadiri salah satu peresmian dengan pengawalan yang begitu ketat. Dalam peresmian tersebut gue menghadiri janji temu dengan wartawan untuk sesi wawancara, dihadapkan dengan latar matahari terbenam yang sungguh indah di Vila *Golden Hour* C di salah satu tempat di Indonesia, kami melakukan wawancara terkait perusahaan *Golden Hour.*

"Bagaimana rasanya menjadi seorang presiden direktur dari sebuah perusahaan *Golden Hour* yang baru saja memenangkan penghargaan sebagai perusahaan terbaik dengan standar dunia?" tanya wartawan tersebut.

"Profesional saja. Semuanya selalu memiliki masa, namun *Golden Hour* akan selalu berusaha semaksimal mungkin untuk dapat memberikan yang terbaik dalam bidang teknologi futuristik bagi masa depan dunia." jawab gue.

"Apakah ada harapan yang belum diwujudkan namun akan segera direalisasikan segera?" tanya wartawan.

"Harapan pasti ada, namun masih dalam tahap pengembangan. Kami akan berusaha sebaik mungkin terutama dalam projek kedua untuk meningkatkan teknologi dibidang lingkungan seperti *Green House Feature* seri pertama." jawab gue.

"Perjalanan *Golden Hour* hingga sampai titik ini melewati banyak tantangan, apakah ada pesan bagi para pebisnis yang memulai bisnisnya untuk dapat bertahan dalam segala medan masalah?" tanya wartawan yang menbuat gue sedikit berpikir.

"Harus siap menanggung konsekuensi yang ada." jawab gue.

"Konsekuensi seperti apa?" tanya wartawan tersebut dengan begitu cepat.

"Konsekuensi atas kehilangan itu semua adalah pengorbanan. Salah satunya waktu, tenaga, dan pikiran. Bentuklah mental sekuat mungkin." jawab gue yang sontak membuat wartawan tersebut terdiam sesaat.

"Apakah jika seseorang tersebut mengalami hal yang sama akan memiliki keberhasilan seperti anda?" tanya wartawan.

"Tidak ada yang mustahil. Kamu pun bisa menjadi seperti saya." jawab gue yang membuat wartawan tersebut tersenyum.

"Tapi tidak semua orang mampu bertahan dengan medan tersebut." ucap wartawan.

"Maka dari itu, jika ini mudah, semua orang pasti menjadi pengusaha dan di dunia ini akan dipenuhi oleh pengusaha hebat." kata gue. Sontak wartawan tersebut menganggukan kepalanya seolah sependapat dengan perkataan gue.

Jeda wawancara berlangsung. Satu pandangan gue tertuju kepada salah satu wanita yang membuat pandangan terhenti olehnya. Namun, gue mengingat wanita tersebut adalah seorang pelayan di Restoran One pinggiran kota Chigagho, "Kenapa dia kemari?" tanya gue dalam batin dan pikiran gue selalu mengulang-ulangnya.

Gue menghampiri wanita tersebut, namun ia hilang begitu saja. Wawancara masih berlangsung dan dilanjutkan untuk sesi terakhir. Wartawan tersebut menjelaskan profil perusahaan *Golden Hour*. Begitu luar biasa penjelasannya, hingga gue pun memberikannya selamat atas keberhasilannya.

"Selamat atas keberhasilanmu." ucap gue yang sontak membuat wartawan tersebut berteriak dan meloncat kegirangan memberitahukan kepada semua kru yang ada bahwa gue menyalaminya. Gue pun meninggalkan tempat wawancara sekaligus akan meresmikan Vila *Golden Hour* C yang dipenuhi dengan kembang api, alunan musik jaz, dan suasana yang hangat.

~ Catatan ~

Ketika sudah mencapai keberhasilanmu, ingatlah untuk selalu bersyukur.

Beritahu kepada dunia bagaimana kamu melewati masa-masa sulitmu.

Beritahu kuasa Tuhan atas keajaiban dalam hidupmu.

Sungguh bersyukur dan berbahagialah mereka yang menyebarkan perdamaian, kasih, dan kebenaran.

Hidupnya akan selalu bergelimang kebahagiaan bahkan di hari kematiannya.

PERNIKAHAN

Rasa penasaran akan perempuan yang pernah gue lihat di Restoran One akan kondisinya membuat gue meminta bantuan untuk mencarikan informasi pelayan tersebut kepada pengawal. "Bantu carikan saya informasi pegawai yang ada di Restoran One sebelum ledakan terjadi di Restoran Pazji." ucap gue kepada salah satu pengawal. Ketika sudah mengetahui bahwa perempuan tersebut dipindahkan ke departemen pelayanan dan bekerja di Hotel *Golden Hour* A yang terletak di Chigago, guen memutuskan untuk pergi kesana.

Dalam kunjungan gue datang di Hotel *Golden Hour* A, gue tidak melihat perempuan tersebut, kata direktur tersebut karena ia sedang ditugaskan mengikuti wawancara perpindahan di Hotel *Golden Hour* G. Berarti ada masalah dengan perempuan tersebut, gue memutuskan untuk berada di kamar VVIP untuk menunggu kedatangan perempuan tersebut berhari-hari.

"Bos! Ada apa dengan perempuan tersebut?" tanya pengawal gue.

"Bukankah dia dibilang bersamalah oleh direktur hotel?" tanya gue yang sedikit tertawa kecil menjawab pertanyaan dengan pertanyaan kepada pengawal.

"Ooh..." sahut pengawal.

"Sementara waktu saya akan bertugas dan berdiam di kamar ini, tolong informasikan kepada direktur hotel ini." kata gue sambil mengerjakan tugas-tugas.

"Baik, bos!" kata pengawal.

Keesokan harinya di lobi hotel, gue bertemu dengan perempuan tersebut. "Sangat cantik sekali." kata gue bergumam sambil terbengong melihat pesonanya.

Dari lantai dua, gue melihat ia sedang dimarahi oleh direktur, seketika gue mencoba mencari tahu permasalahan apa yang terjadi.

"Ada apa?" tanya gue yang membuat semua menundukkan kepalanya.

"Ini, presdir. Kami dikomplain oleh pelanggan atas kesalahan pemesanan reservasi yang sudah terisi oleh pelanggan sebelumnya." jawab direktur hotel.

"Terus kenapa kamu memarahi perempuan ini?" tanya gue yang membuat direktur terdiam. Hal ini tentu bukan kesalahan perempuan ini sebagai petugas lobi hotel seharusnya direktur yang tidak mengizinkan pelanggan sebelumnya memperpanjang waktu dengan dalih keluarganya sendiri. Pengawal gue memberitahukan kebenaran bahwa ini kesalahan direktur hotel tersebut. "Mohon maaf, ini cek pembayaran gaji per hari ini, anda silakan berhenti dari pekerjaan." ucap gue yang sontak membuat perempuan tersebut dan yang lainnya kaget.

"Ikut saya ke lantai atas, taman atas." kata gue mengajak perempuan tersebut.

"Kalian mohon menjaga dari luar." imbuh gue memberitahukan kepada para pengawal.

Gue pun menuju lantai atas yang terdapat taman bunga begitu indah.

"Kenapa kamu membiarkan dirimu dibentak seperti itu, sudah jelas direktur tersebut yang salah." kata gue mempertanyakan sikap perempuan tersebut.

"Mohon maaf, presdir. Saya sudah terlalu sering dimarahi dan bahkan ingin dipindahkan ke Hotel *Golden Hour* G, sehingga daripada saya dipindah tugaskan karena alasan sering melakukan kesalahan maka lebih baik saya mengalah." ujar perempuan tersebut.

"Apakah kamu masih mengenaliku?" tanya gue untuk menyuruh perempuan tersebut melihat wajah gue dengan seksama.

"Presiden direktur." jawab perempuan tersebut.

"Bukan. Apakah kamu pernah mengingatku saat kamu masih bekerja di Restoran One?" tanya gue yang sontak membuatnya kaget.

"Maafkan saya, saya mengingatnya. Saya berterima kasih atas kejadian tersebut." kata perempuan tersebut.

"Bukan itu yang ingin aku tanyakan. Apakah kamu terkena ledakan saat itu?" tanya gue yang sontak membuatnya menangis.

"Kenapa kamu menangis?" tanya gue kembali.

Perempuan itu sontak langsung memeluk gue dan membuat gue sedikit kaget sekaligus bingung atas apa yang terjadi kepadanya.

"Ibu dan ayahku mereka meninggal dalam ledakan tersebut, setelah ia juga melihat dan datang ke lokasi. Namun dia berada di Restoran Pazji saat itu hendak membelikanku sebuah minuman. Saat itu situasi sedang ramai di Restoran One, sehingga orang tuaku hanya menyapaku dari jauh." kata perempuan tersebut sambil menangis. Gue pun langsung memeluk dan meminta maaf kepadanya atas pertanyaan yang mengingatkan kejadian buruk saat itu.

"Maafkan aku..." kata gue yang sambil menangis.

"Tidak-tidak, aku harusnya yang meminta maaf." kata perempuan tersebut.

"Bolehkah aku mengetahui namamu?" tanya gue.

"Nama saya, Putri Natasha." jawab Putri.

"Maukah kamu menerima tawaranku untuk menjadi asisten ku?" tanya gue yang sontak membuatnya kaget dan menghapus air matanya.

"Aku tidak akan menawar untuk kedua kalinya." imbuh gue kepada Putri.

"Saya bersedia." jawab Putri dengan tegas dan bersemangat.

Akhirnya Putri menjadi asisten sekaligus ketua pengawas direktur departemen pelayanan hotel. Putri sangat pandai dalam mengelola tugas dan tanggung jawabnya. Gue dan Putri pun menjalin kedekatan setiap harinya, bercerita tentang kehidupan pasca ditinggalkan orang terkasih.

Hingga akhirnya gue menanyakan kepada Putri, "Apakah kamu mau menikah dan menjadi istriku?" tanya gue kepada putri.

"Aku mau." jawab Putri sambil tersenyum.

Kami pun melangsungkan pernikah dengan perayaan di beberapa negara, kehadiran para petinggi perusahaan di seluruh negara menambah kemewahan acara pernikahan gue.

Kumara Gema Asana dan Putri Natasha resmi berstatus suami dan istri.

~ Catatan ~
Cinta sejati terlahir dalam sebuah balutan duka yang sama.
Ia mengerti satu sama lain, memahami satu sama lain.
Melengkapi.
Tidak ada yang mengungguli ataupun membawahi.
Mereka memiliki perannya masing-masing, namun peran yang sama diantara keduanya adalah berbagi kasih atas restu Tuhan.
Karena kuasanya melahirkan kasih kepada sepasang insan untuk melengkapi.

Selesai.

www.ingramcontent.com/pod-product-compliance
Lightning Source LLC
LaVergne TN
LVHW040435051026
849517LV00002B/610
9798231884667